给芬芳同行的 maia's lady

每个日子，
都有
生命的礼物

黑玛亚——著

中国青年出版社

序

我会在陌生的国家尝试各样想吃的尤其是没吃过的食物。滋味，是帮助我记忆的途径之一，因为，我也许不会再去了，而我想要记住。

我会在触动心弦之处，寻得心爱的纪念物，有时甚至付上贵重的代价，因为我不想忘记那时那地，我想要收藏记忆，让它不仅仅是过去……

一个失却过去、没有从前的人是忧伤的，过去无论多么苦楚，也比不上没有了过去的痛苦。我见过失忆的老人，他们的家人绝不会因为失忆者可以任由人摆布而感到轻松，他们会沉重地怀念、描绘失忆者昔日的故事、习惯，竭力帮助他拾回尊严。人的过去，是有分量的。

不知从什么时候起，我发现自己的记忆中有一些无法归类的存档。我记得一位女士车上的圆珠笔——海蓝色，笔杆很粗，笔芯也很粗，笔尖上有流出来的笔油，也是蓝色的。我已经不记得她的穿着，却记住了她那支笔，八年前我们见过一次，在巴黎。那天她请我吃沙拉，沙拉很冷很脆，面包又好又暖……那冷、那暖在唇齿之间的交替与蓝色的笔油，于巴黎的记忆中清晰地为我存留。

时间，像无声的巨人，踏着所有的昨日以及此时，刻不容缓地前行。再读这些年的手记，重温着许多渺小的瞬间，因着当时的感动就那样被记录下来。感动，总能把人带回赤子的心怀意念里，发出未经深思熟虑的声音，却是真挚的回应，回应生命在彼时所发生的。感动，也总是满怀信心，远眺一望无际的未来。如果有感动，昨日就不再是一言不发的昨日；如果有感动，我心就得呵护，不会趋向冷漠。我不禁遗憾那些没有被记录的空白，隐匿了多少故事的来龙去脉……

我看到那顾此失彼的忙碌，就无比感激恩典的相随；我看到激情也看到抒情，我回味激动和冷静，就无比感恩心脏仍旧健康地跳动；我清楚，在澎湃之下有过的忧伤和挫败……许多痛楚，在过往的时间里，仍旧闪烁着尖利的牙齿，却不能再啃噬我。没有什么能毁坏一颗有热度的心，也没有什么能侵蚀坚定的心志。当我心怀感恩回眸往昔，我收获的不是遗憾惆怅，不是追悔叹息，而是在每一个记录里打开了一份又一份生命的礼物，带着更多的启示和更多的热忱涌向我……我不禁祈祷：让我的心更大、更自由、更多爱，赐我豪情的双翅，让我乘风上腾……

我突然忆起，在西雅图的海边，定居在那儿的童年好友陪伴我们一家站在摩天轮下商量坐还是不坐，几米之外有一个英俊挺拔的金发男子凝视着海水，却不断地回头看我们。海边只有我们一家和独自的他，我想只有我注意到了他不断回头看我们的神情。凝视海水和顾盼陌生人，是两个多么奇妙的组合啊，他深刻地留在我的记忆中。因为他，我看到了一条海豚在不远处掠过海面的美丽景象。我惊呼着，全家人因此看到了海豚再次掠过海面……

也许那些无法归类的记忆，是因为我还没有领悟出其中的奥秘。它的不肯消失，是等待被领悟。孤独地领略到美景，是幸运；因为领受太美，而不愿独享，才真正完成了领受的意义。今日，我才深深地为那个海边陌生的金发男子感动，为他慷慨的善意，为他不断回头招呼陌生的游人去留意海面的美景感动。他可以自顾赏景，也可以回头示意——他选择了分享，用他生命中一个微小的示意让我看到了美景，以及人当彼此顾念的启示。

今夜，我才发现，其实我记得在每个陌生城市的首次晚餐，它们就像每个城市给予我的第一个拥抱，使我心存感恩。

每一个日子，都有生命的礼物，只是领受礼物的时间各不相同。当我们相信每个礼物里都是祝福，我们打开的时候，真的会看到——祝福。

爱你们的玛亚

2019 年 11 月 7 日

我永远都不会失去你

海明威，我是干完活儿来的

喝一杯五十年前的下午茶

宝贝，请珍爱你的春天

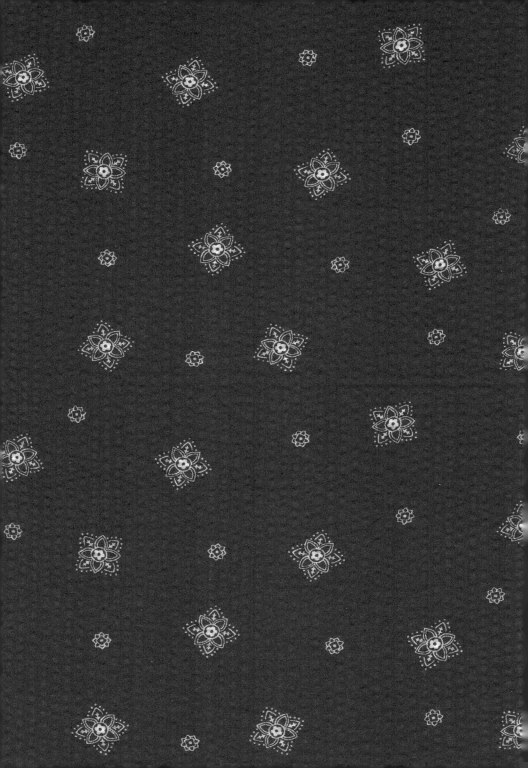

凝视人生，

而不是掩饰什么

凝视人生，而不是掩饰什么

我对墨镜的知识有限，对墨镜的设计水平是很业余的。业余，在希腊文里有"爱"的意思，因此，我对墨镜的业余设计，只能说是凭着爱。

我在进入时尚界工作的 20 年间，只为自己买过两副墨镜，且都是在最近三年。因为我以前不戴墨镜，也不会在阳光下用伞。我之所以买墨镜，是因为三年前在美国认识了一对又健康又相爱的老夫妻。他们只要出门就戴墨镜，有一次老先生的墨镜腿掉了一边，他也照戴不误。我很好奇他对墨镜的钟爱，显然不是为了好看。他们告诉我，戴墨镜是为了将来不会得白内障，患眼疾于人于己都会麻烦痛苦……我听后，回国就买了墨镜，因为我对自己的美丽愿景是：纤腰永远盈盈一握，而且像《圣经》所记，摩西到老 120 岁，耳不聋眼不花……

反思我对墨镜的反感，可能来自太多大名鼎鼎的故事……

墨镜之下，卡尔是否有一双温和的双眼呢？
我宁可想象：他在墨镜背后，温柔地凝视着世界。

杰奎琳与欧纳西斯那一段生活，她的印花短裙和oversize墨镜使她的知性美与优雅荡然无存……是让我心疼惋惜的样子。

卡尔·拉格菲尔德永远戴着机车手套，活在oversize墨镜之后……让我想到他那烟瘾很大的母亲对他说过的话："你不能吸烟，因为你的手长得不够美，你要是吸烟就是自曝其丑。"不知，关于他的双眼，他母亲又说了什么。还好他没有戴口罩出门，因为他母亲曾经说："我准备带你去家居店，你的鼻孔太大了，它们需要窗帘。"卡尔·拉格菲尔德说："如果不戴那众所皆知的黑色墨镜，我绝不出门，我喜欢看见外界，但不喜欢被外界看见。"卡尔是时尚界出了名的舌战专家，犀利到让善辩者都哑口无言，颇得母亲真传。但，这一切，必须同时在黑色镜片之后进行……

机车手套可以遮掩不讨母亲喜欢的双手，墨镜之下，卡尔是否有一双温和的双眼呢？我宁可想象：他在墨镜背后，温柔地凝视着世界。

也许受我的影响，先生和儿子都是这两三年才买墨镜。几年前儿子和同学去丽江旅行，回来送了先生一个无腿带夹子的墨镜片，送了我一个很小的木头按摩器，告诉我们每样都只要十元，是在一个十元店买的。我很以他的眼光为荣，因为那两样东西看起来猜不出价格。先生感激不尽地用了几年十元墨镜片，每次开车阳光刺眼，他就一边往眼镜上夹墨镜片，一边说："儿子真会买东西。"直到去年夏天才在我的催促下认真去买了副墨镜，我和儿子在一旁给他做参谋。他的眼光也不错，看中雷朋的经典飞行墨镜，不过，临到买单，他又指着绿色反光的雷朋飞行员墨镜说："我想试试这个。"我和儿子看着他戴上绿色雷朋都笑了。我坚决地反对："你不能戴这个，看起来像个坏蛋。"为什么像坏蛋呢？我自己在心里琢磨，是不是因为那种绿让人想到苍蝇绿呢？也许，在万米高空的驾驶舱内，或者划艇运动员的脸上会不一样，有些墨镜，必须在动感中才有美感，属运动型。"毕竟那是为飞行员设计的，开车和开飞机，还是有点不一样，你说呢？"关键时候，一定要理性地说服理科生。

我想，墨镜的夸张，是我原来一直无法喜欢它的原因。在形象设计中，经常有客人事先提出请我为她选两副墨镜，我一听要墨镜就会在心里叹息……然后竭力寻找真正适合她们的、正常尺寸的墨镜。全世界的墨镜都在变大，以至于在墨镜的品类中，oversize已经成为墨镜的五大种类名之一，而它的市场份额也远远超过Aviator、Wayfarer、Wire-Framed、Wrap 这四类。oversize 一直用"你是个人物"的奉承姿态吸引人。有一次，一位女士看着我为她所选的秀气墨镜说："我想要高级点的。"我心里明白，她说的高级，就是炫目 +logo+oversize。她不知道那副墨镜所花的心血和脚步，而她想要的墨镜其实可以信手拈来……所幸，她能被说服，后来墨镜好评如潮，使我也得了安慰。

戴一副超大墨镜的名人，都有一个超大的人生背景，是超出他的驾驭能力的。负荷之下的虚弱，是需要掩盖的。双眸之内真情流露，多少都有几分软弱；或者，情境之中需要真情又缺乏得流淌不出来，这些，都需要掩饰。

我喜欢"风中的杰奎琳"那幅出名的作品，喜欢看到那一刻的杰奎琳，把墨镜拿在手上，明亮勇敢的笑容。其时，她的生活中再没有了闻名于世的丈夫，只有她自己。她轻盈如母鹿，能够毫无遮掩地凝视着自己风中的人生，那个人生的 size，跟她最为相称，优雅重新回到她身上。

当我想要为自己设计一副墨镜时，我的灵感来自 20 世纪四五十年代的光线。我总是在老电影里看到那些光线和色彩，我想象着经历半个多世纪之后，某些色彩会产生的变幻……我想要的是与我的生活、我的裙子、我的气氛相宜的墨镜，绝不是像一个人物，而是像我自己——一个常常驻足凝视生活细节的女人，一个深信自己结局美好的女人……所以，我为自己的墨镜取名"凝视"。它的形状基本上像 Wayfarer 墨镜，就是因奥黛丽·赫本的《蒂芙尼的早餐》而出名的那种墨镜，但小了不少，轮廓修饰得更柔和，已经不能在蒂芙尼进早餐了，更像在欧洲安静的小镇街边咖啡店里进早餐。透过镜片，我能温柔地凝视洒在洁白盘子里的阳光，里面是像凡·高的向日葵那样灿烂的炒鸡蛋和芦笋……我将因为这凝视，充满感恩，想要赞美，深觉幸福。

颈项上的巴黎瞬间

　　那年秋天，我在巴黎，为了找一条老街，误进了一个不在计划中的小博物馆。我在博物馆书店里逗留良久，虽然不认识法语，却被书籍的美感吸引、流连……在要出去的时候，看到一个法国年轻人走进来，有着标准的巴黎身材，颀长、瘦削，脸上是剃须之后清洁浓密的络腮……巴黎的青年人几乎个个都是这样雅致挺拔，个个都显得前途无量。他穿着一件白色圆领 T 恤，一条毫不起眼的干净牛仔裤，斜背着一个书包，平淡无奇的全身装扮却被缠在脖子上的一条围巾划亮！柔软、甚至有些起皱的棉围巾，上面是素朴的灰蓝与灰白实心棋盘格……那个瞬间，因着他脖子上的围巾，成为我巴黎之行中一个难忘的片断。仿佛，旅行的美妙、出其不意的心情、层出不穷的创意、偶然的惊喜……都被那个瞬间的气息收纳了。

　　我遇见过多少美丽刹那呢？不计其数。我问自己为何会对一条软绵绵的围巾记忆犹新，也许，就因为那种莫名的美感，那种名不

见经传的意外。这成为我的一个挂念，我总想透过一个设计，纪念这个美好的瞬间，它能给人青春的印象、旅行中令人舒适的艺术气质、意料之外的简单美感……在只有一件 T 恤的情形下，有什么可以与它跳一段静美之舞呢？在最舒服的穿戴里，有什么可以用来保有一种不经意的考究呢？这并不是一件容易的事！

直到我从一堆待定的日本面料中，发现了两块似曾相识的极软棉布，那个巴黎的瞬间气息，才有了一次定格的抒发，我终于可以把它定型在看得见、摸得着的实体里。

我收藏的夜空与星光

　　我的收藏，都源于一次喜爱，当那份喜爱一次又一次落在同一样事物之上，慢慢地，就变成了收藏。在这份收藏里，季节更迭，生命变化……我渐渐地由此体会出心所宠爱的意义，也陶冶出心灵的某种坚持。美好的坚持，则帮助我懂得了筛选。

　　在围巾的收藏中，一开始时是见到喜欢的就要，后来，见得多了，收得也就少了；再后来，就有了明显的主题收藏……其中一个主题就是蓝白两色的经典图案。每一年，我都会多次使用这样图案的围巾。我喜欢它们的"老练"，每次都像是从一个结实的实木挂衣架上不经思索地取下来，随意放到颈项上，说不出的次次好看……而蓝与白两色和经典图案的组合，感觉就像一幅众所周知的世界名画。蓝天与白云，夜空与星光，大海与海鸟……蓝与白，深幽与明朗的呼应，加上细腻的经典图案，是宏远与细微的彼此补充，两个色调铺陈，一个图案贯穿，带来的效果就是丰富的单纯……这便是

每当我戴上蓝白两色的围巾，我也期待自己心灵远大，又细腻体贴⋯⋯每当我
的颈项在转动之间感受它的柔软和色彩，我就再次嘱咐自己，要思念蓝天之上
那些美好的事，也别忘了脚踏实地走正面前这一步⋯⋯

我甚喜爱的原因。

我认真地做女人，对我可以享受的每件事，因着感恩，就悉心
品味；对我可以拥有的每一样事物，我都透过身体用心灵来享受。
每当我戴上蓝白两色的围巾，我也期待自己心灵远大，又细腻体
贴⋯⋯每当我的颈项在转动之间感受它的柔软和色彩，我就再次嘱
咐自己，要思念蓝天之上那些美好的事，也别忘了脚踏实地走正面
前这一步⋯⋯

现代式优雅的试纸

"酷芭蕾"连着穿两天了，再穿有点不好意思了，不会以为我都没沐浴换衣吧……里面的吊带抹胸是换的，各位看官，我是很爱干净的。

前天用"酷芭蕾"配黑色"猫步女王""摩登时代"，跟先生去香港，逛商场找礼物。晚餐在海边的西餐厅，一百多年的老店，只是因为喜欢他家沙拉里橄榄油腌的大蒜粒，还有温暖合宜的灯光设计……很多人会因为一道著名的招牌菜或者时令佳肴去一家餐厅，但我想念一家餐厅的理由往往都是微不足道的那一点滋味或细节。正如我自己的穿衣理念，也许我所穿戴的毫不起眼，但是它却令我心灵舒适惬意，满意到爱自己、爱日子的地步……穿着"酷芭蕾"就是这样的感觉，我坦诚这是为我自己设计的单品。我一直喜欢简单的 V 领套头衫，但是 V 领的弧度、编织的通透度、袖子的长度，唯有自己才能按着心意去做。七分袖，不用我总是往上撸袖子；有点松身的离体感，使我能够在里面自在地舒展自己的曲线；我从来喜欢有余地的尺寸，有时为了一件毛衣买 M 码还是 L 码，会耗费一小时的思索和尝试，何不自己发明最可心的尺寸呢；有点通透，里面搭配一件黑色吊带抹胸，若隐若现的肩膀和更深的黑处是最美的女人味……记得样衣刚打出来时，我试穿完就说："能不能留下？我想穿了。"

昨天穿"酷芭蕾"和铅笔裙上班，换了鞋和项链，戴上腕表，感觉好利落、充沛，感觉自己才是办公室最年轻的……嘘，不要告诉姑娘们啊！

今天想到要出门，马上就有了新的灵感穿"酷芭蕾"，只是不好意思再穿了，但心里就是喜欢这样简约的美丽，这样自娱自知的欣喜。

我曾跟姑娘们说："你们可以用'酷芭蕾'当成现代式优雅的试纸，谁喜欢它、选择它，特别能驾驭它，那一定是拥有此类风格的特质和驾驭能力，也是我设计的知音。"不知她们有没有拿来试试呢？

穿"酷芭蕾"搭配铅笔裙时，诀窍是下面不必用黑色高跟鞋去呼应。我的选择是让鞋子要么跟着裙子的色系走，要么就以不变应万变的方法，穿咖啡色羊绒的"底气"，突出我的"酷芭蕾"，又不失足下的品质。最好的鞋，绝不是镶嵌着宝石和闪钻的；最好的鞋，是无声无息的好品质，衬托得起任何一件出色的衣裙而又决不会喧宾夺主。所以，一双好的肤色高跟鞋是穿着诀窍、必备之物；

而秋冬季节的肤色系鞋，只要在色彩和材质上做些季节性调整，就会成为秋冬的实力派足音。

你若看见我穿"酷芭蕾"，不见得会是以上的样子，因为它能给我无数的灵感和搭配方案，这，就是简约的妙处。不过，你倒是会常常看见我穿咖啡色羊绒的高跟鞋，因为在至少四个月里，它都会出现在我各样的穿着之中，这，就是来自低调的实力。

请别莽撞对待基础色

　　很多人总是以为黑色是衣橱里的基础色。是的，黑色可作为基础色之一，但它不是唯一的基础色，对于穿着美学来说，基础色的概念其实更为深沉宽广。请思考，在黑夜中你看到的多，还是在白昼里看到的多？基础色的本质是衬托主色，烘托主角，协调穿着节奏和搭配关系，就像白昼中所看到的大自然，是那么生动、丰富而又无比的和谐……想知道它们为何能够天然如此美丽吗？因为真正的基础色无处不在……褐色与灰色，其实才是基础色最大的两大色系，由它们交织变幻出来的各种颜色，成为大自然中色彩的和谐因子，令我们视域舒适而且享受其中。

　　在穿着上，如果学会使用褐色系、灰色系做基础色，我们能更加体现出穿着的智慧、审美的功力。当然，能把黑色穿好也一样需要智慧和眼光，没有哪个颜色是可以莽撞使用的。如果只把黑色当基础色，会使我们的穿着思维僵硬、固执。要知道，透过穿着，我们真的可以培养自己更加柔软、美好、上进的性情。

让我们来稍微品尝一下基础色的魅力。

"秋风中的女王"——是生动的砂岩褐，由巧克力色、深咖啡色、撒哈拉米色三种颜色以细千鸟格纹织成，精致地展现出大自然中褐色系的表达力。这种取之于大自然的色彩风格，可以毫不费劲地与冷暖色系中的许多颜色搭配，制造出互补或协调的美。与绿色系相遇可说是回归自然；坚实有承载力的砂岩褐，是下半身基础色的雅致色调之一。这样的材质已无须太多细节设计，仅用了打破沉闷的三个三角形拼接出裙身前片，在移步间，能看见生动的裙摆和淡定之美。

"低调的华丽"——是非常有流动感的拿铁褐，具有艺术摄影般的光影变化，也像一杯拿铁在举杯时杯里的荡漾……这都是拿铁褐与绒面材质产生的效果。这块非常独特的面料，在工艺处理上并不好把握，但还是因一见钟情要定了它，只想尽情地展示它的颜色与绰约的光影变化，让穿着者体会它的艺术性以及简约的华丽感。许多人看见它时评价道："有股说不出来的味道"，这就是它的魅力。没有人会去琢磨一个直白的女人，说不出来的滋味，正是褐色系消失在口中的那份迷人香甜。

"起风的日子"——生命中，总有起风、有浪的日子，在那样的时刻，最需要的是安稳，宁静的心具有铁锚一样的力量，纵使自己是一叶小舟，也因此而安然渡过……当初拿到这块日本来的面料，在手中静静地抚摸、体会，感觉它像穿越许多时空仍存留的气息，

褐色与灰色，其实才是基础色最大的两大色系，由它们交织变幻出来的各种颜色，
成为大自然中色彩的和谐因子，令我们视域舒适而且享受其中。

有种"手作"布料的坚实和质朴……而颜色，则像几百年的欧洲建
筑一般耐看、耐品……这块面料是有些易皱的，但是正因如此，增
添了它的意味，有股精神气质被隐纳其中……我想象着一位淑女，
在起风的春日里，眉头也不皱一下地行走，她只是伸出右手，紧了
紧领口，护住自己的胸口，坚定地前行。风声雨声，都成为她的美
的陪衬……她如此地不抢眼，但无论走到哪里，她的出现总是带来
协调与柔和的韵味。"起风的日子"就是这样以全身的基础色、理

性的条纹，适合在户外行走，产生静美与力度的生命的衣裳。

"深得我心"——姑娘们都知道这是我所爱的铅笔裙款，因为取名时很是表达了一下自我，是实话相告。在铅笔裙收藏中，褐色系和灰色系是必备的铅笔裙基础色，基本上冷暖两色的上装需要这两大色系来搭配、协调。我喜欢铅笔裙，它总是有种"为之一振"的穿着体验，每次都会如此。这种突然被一条裙子"端"了一下的感觉，我总是细腻地体悟并且对镜莞尔……"深得我心"之所以深得我心的缘由，是因为很少有铅笔裙的裙摆能够自如地飘起，我是那么热爱服饰中的灵动感，因为那对于我意味着生命力。"深得我心"既保持了铅笔裙的轮廓和功用，同时也飘出了我要的动感，实在深得我心。在设计中为自己设计的东西实在不多，偶尔为之，怎能不得我心呢？我很热爱衣裙上身后，走动之间让那片装饰性裙身起伏飘动，对一条铅笔裙实为突破。端庄，却不死板；飘逸，却不放肆——这是我激赏之尺度。

基础，绝非指不重要；相反，基础，极为重要。不懂基础色的运用，形象会变得没有根基，缺乏柔和。拥有漂亮的基础色，才会拥有体现出涵养、审美力的造型能力。

骤冷中的将军绿

降温天，南方的冷，急剧、毫不含糊，这是好不容易盼来的冬天，但人们却立刻抱怨起太冷，地铁里看不见兴奋开心的脸，忘了思念寒冷的那份心。

我喜欢天气的变化，喜欢季候的交叠，喜欢它们给我穿着的灵感。

冷天一定要暖和，暖暖和和的，让心里满足感恩。冷天也一定要美丽，这美丽使寒冷成为风景……今天一定要穿靴子，脚和小腿不冷，全身就有了热量的发源地。今天工作在香港，得穿"工作服"，简单、有效率，给自己更多信心。灰色的弹力铅笔裤放进靴子里面，和黑色的软皮靴一深一浅迅速互补。黑白灰是职业女性最常用的，我也不例外，别再动其他想法了。选了厚质地的白衬衣，里面悄悄穿紧身的白色弹力短袖保暖衣，胳膊不会怕冷，所以少一层活动会更自如。外套……黑色、灰色、深蓝都可以，但今天选择中长的将

穿着，是一件有生命的事，不要单纯地挑选一个喜欢的颜色。
有时，我们要选择的是一种态度。

军绿——被称为"女伯爵"的羊毛呢 jacket。

这件 jacket，我们出品了墨绿和将军绿两种颜色，多数人习惯把将军绿也称为军绿，但其实它和军绿有很大不同。将军绿里含有的黄更多，在明度上偏深，因为里面有比军绿更多的黑，所以将军绿或多或少会带有一点褐色的性格，也就是说它比军绿更为沉着，是深思熟虑的绿。饱和度越高的绿，越带"菜"色，"菜"在华人的理念里是稚嫩的，对于士兵来说鲜嫩象征着年轻有为、生机强壮，但年轻强壮并非一个将军的价值所在，所以将军们的军服颜色都不会那么"菜"。

我曾为一位女士推荐将军绿的 jacket，但她最终还是选择了墨绿。墨绿很有女人味，也高贵，但是对于常常站在讲台上的她来说，将军绿更适合她的职业气质，也使她更为帅气……女人有了帅气，年轻感就来了。不过，我永远都把最后的选择权交给女士们。我竭力提供建议，但是我也愿意接纳她们最后的抉择。另一位也是在讲台上工作的女士，我则推荐了墨绿色 jacket，因为她是天生的帅才，本身就带领袖的气场，发型和词锋都够帅了，年龄在特别成熟的阶段，再穿将军绿就快变成拿破仑了，留点余地吧，穿墨绿色。她欣然接受，墨绿色于她，平添了一份高贵和沉静……

对于我来说，工作中帅一点，是我的助力，也使我能够超越平时的惯性，说出更果敢的话语，我喜欢寒冷中这份勇敢的将军绿。工作，有时就像争战，为消灭平庸、消灭乖谬、消灭无知、消灭蒙蔽而战……让我在保全自己还是为他人而战之间做出了选择：我应该更多地为他人的益处着想、发言。将军绿，与工作中的出手快、下手准很是搭调。

厚厚的羊毛将军绿穿在白衬衣上，领口的白色则使将军绿活泼盎然起来，对着镜子，我不禁笑了。

到了工作的地点，姑娘们眼睛一亮地说："真好看呀您！"客人半天不说话，对姑娘们说："这是我买的那件 jacket 吗？"她有同一款，被回答"是的"。她疑惑地说："怎么这个颜色在玛亚身上显得这么好看？"我笑着说："因为我很爱它，懂得它，它回应了我。你也可以给别人这样的感受的。"

穿着，是一件有生命的事，不要单纯地挑选一个喜欢的颜色。有时，我们要选择的是一种态度。

盛宴中的白米饭

一个人的品位，不是他和别人有多么不一样，不是另类突出、标新立异，而是和融入群，在人人都有的事物上能有平凡的突破。

我总是用橡皮擦去掉画稿上过多的衬衣细节，衬衣的经典应该在于它够平凡，就像盛宴中的白米饭，没有米饭，许多佳肴看就无法被衬托出美味……这是我设计衬衣时的心态，保守它的平凡，但要有突破。

白米饭好吃的原因在于品质，新米总是受欢迎。

感谢白米饭的启示，我寻找衬衣的好面料就像寻找好产地的新米，找到时，欣喜感恩。

"施特劳斯的蓝"就是这样的衬衣。

冬天里的穿着品位，层次越少越好，至少要显得少，藏匿温暖的功夫要深不见底才行。因此，如果厚重的羊毛大衣或外套里，让人看见的就是一件衬衣，感觉是非常利落、健康的，冬日里的清爽

衬衣的经典应该在于它够平凡，就像盛宴中的白米饭，没有米饭，许多佳肴就无法被衬托出美味……这是我设计衬衣时的心态，保守它的平凡，但要有突破。

常常令人振奋不已。但绝非街拍里真刀真枪地穿得凉快，全身冻得发紫。唉，都是谁家的孩子，妈妈看了不知多心疼，我可不想让姑娘们犯傻……曾有姑娘穿得少了来上班，从我身边走过时都会蹑手蹑脚，怕被抓着，结果没被我抓住，被感冒抓住了，事后来跟我认错……不学坏样了。至少，我自己是公司里感冒最少的人，秘诀就是懂得在冬天里穿对衬衣。

"施特劳斯的蓝"其实就是基于这么平凡的出发点，仿麂皮，可水洗，有厚度却柔软，让人能健康地潇洒——里面藏得住一件保暖内衣，甚至好质量的紧身羊绒衫，颈项上再系一条丝绸小方巾，就轻易得着一份骑士元素。因为麂皮本身有狩猎气息，拦腰裁断衣襟，再行拼接，增添麂皮的质感，因为难有那么大的一块麂皮噢。

在冬天，要学会收藏这么好的厚衬衣，学会透过这些有突破的平凡，提升穿着品位。"施特劳斯的蓝"色泽经典，质地不菲，在休闲场合，这样的衬衣可以驯化甚至像牛仔裤这样的粗犷休闲。平凡，就这样突围颖立。

　　在盛会中合宜却不以盛装出席，是自己一直以来最爱的盛会心态，万不得已的光芒万丈，除非是为了隆重地表达责任及义务。

　　盛会，通常都在年底，严寒中的热闹，是很考人功夫的——在穿出对盛会的热度之时，还要表达出体温的凉爽，用反季节的轻薄表达对盛会的敬意，如果事后还不想感冒，实在需要智慧与勇气的并存。

　　真丝双绉，轻、薄，走动起来的风声，足以展现它的柔媚；选黑色，给它一层神秘，留出五厘米的裙边通透感，仍旧能很好遮盖里面隐藏的温暖——我可大大方方地在里面穿黑色的"凯伦之膝"，半截羊毛绒裤使全身有了温暖的来源，且如此隐秘，不用一边美丽一边哆嗦。美丽却难受，又怎能与人谈笑风生呢？

　　在寒冬的盛会里，只要有了这条轻盈通透感的黑色半裙，对盛会的致敬已经完成了一大半——"看，为了这场盛会，我穿得如

在寒冬的盛会里，只要有了这条轻盈通透感的黑色半裙，对盛会的致敬已经完成了一大半——"看，为了这场盛会，我穿得如此之少！"

此之少！"（看起来就是如此）任何盛会的主人都要为此感到欣慰了……

　　"盛会"不是夏天的专属，它是四季都可穿，在小礼服系统里使用频率实在算高。很好搭配，更是"盛会"让人省心之处。谁不说收到请柬是件且喜且忧的事呢？有"盛会"，不仅去掉了忧愁，还会因搭配带来惊喜，它实在是礼服场合最佳配角。我自己心里，会把它归到上好的主干这一类，有它，就像有了定心丸……对于出席盛会，它是当之无愧的最佳单品，毕竟，仅仅为了一次的重要场合高价购置礼服是让人感动的，却也不是人人都能为之……愿这条"盛会"成为许多要参与盛会者的安慰吧。

　　顺便一提，假若靴子清秀纤美，可与"盛会"同行，它有为靴子减重的效果，是制造优美混搭的裙子，是让你显得不怕冷、也真的不冷的裙子。

时尚里的赎罪祭

人类十分健忘，但仍记得自己穿的第一件衣服是皮做的。

人类十分健忘，并不记得自己的第一件衣服何以是皮的。

《圣经》在《创世纪》这卷书里记载上帝为亚当和他的妻子用皮子做衣服，给他们穿……用皮做衣服，是因为上帝亲自为他俩所犯下的原罪做了赎罪祭，没有代人牺牲的替罪羊，就不会有做衣服的皮啊。皮这种材质，在人类服饰的属灵含义里，代表的是赦罪和恩典，但这层意义一直被人忽略。

《魂断蓝桥》里美丽的玛拉从停战归国的人群中看到"死而复活"的未婚夫罗伊时，她悄悄地将唇上的口红抹净了……人们会记住这个心酸而又著名的细节，但是没有人会从此把口红当成不洁之物。

电影本身的好教养随着时代的开放愈加缺乏，已经不再有这

种把最敏感、羞耻的职业描写得像玛拉抹去口红这样含蓄、凄美的慈悲了……这种最不堪的营生后来被《出租车司机》里的雏妓艾瑞斯和《风月俏佳人》里的维维安演绎得毫无遮拦，因为上流社会已不再像好出身的罗伊家那样有洁癖了。凯瑟琳·德纳芙甚至在《白日美人》中以贵妇气质和时尚女装演绎自甘堕落的青楼形象……这三个著名形象，将玛拉的结局衬托得更为无辜、悲惨……

当有人问皮裙是否为《风月俏佳人》里维维安这样女性的象征时，着实让人想从《创世纪》说起。这种最应被怜悯和救赎的职业，它的象征不是哪件衣服，而是属于人类的悲伤的罪，把玛拉推向死境的难道不是多国、多人的合作吗……可怜的玛拉！对于现代人，如果有什么标记，也就是裙子的长度和鞋子的配合了，艾瑞斯是短裤加松糕鞋，维维安是紧身弹力超短黑裙加漆皮的大腿高靴……这其实才是所有女人该记住不要碰的组合和尺寸！至于《白日美人》，恐怕凯瑟琳穿得比我们都显得贵气端淑，不能见人的是她的内心。

《歌曲改变人生》（又名《曼哈顿练习曲》）中有才气的音乐人格蕾塔教导丹的女儿奥瓦莱特如何约会到那位很帅的心仪男生——"你很漂亮，但首先不要把自己打扮得好像很容易搞定的样子……"话说得很不文雅，却算是当下年轻人能听到的最智慧的忠告了，这也是所有在造型问题上可以给人启示的一句聪明话。奥瓦莱特当时穿的，正是《出租车司机》里艾瑞斯那样的打扮。

十年前，复旦新闻系毕业的女友，很优秀的媒体人，有次从德国探亲回来，她住在德国的姐姐送她一条过膝皮裙，从那时起，她的美好在我心里总是穿着那皮裙出现，还有她那北方的风一样不含糊的性格和极其的聪明……与至今都摆在我书架上她送我的日本小扇子、荷兰小木屐一起，成为永远的记忆。

我希望自己不要成为健忘的人。

真正要留意二

　　"一切肉眼所见的出品，背后都有一个灵。"品牌，是这句话极好的说明；认识品牌的捷径也许就是认识其灵魂人物。品牌存在的意义是什么，应该从时尚工作者的使命到底是什么来探讨。对此，我想历史最有资格发出深沉的声音。在第二次世界大战中，英国人不仅在正义和骨气上有极其刚强的表现，在我看来，英伦时尚在"二战"中的表现则堪称整个时尚史最令人敬畏的一笔。丘吉尔发出"宁可让英国被炸为废墟，也不愿意沦为希特勒的奴隶"的宣告，为英国的战事抹上了壮丽的色彩。正是这严酷而又浪漫的色彩，带来英伦精彩的战争时期的时尚。一个绝不肯做奴隶的国家，是无论如何也要有尊严地活着的。

　　随着英国政府紧缩政策的颁布，每个普通英国女性一年添置服饰的配给被控制在六十六张布票之内，而一双丝袜就将消费两张布票，因为丝绸和尼龙得用来制造降落伞。这些人的丈夫被送上了

如何帮助人们表达自己，是一个设计师应该有的谦卑和放松。

而设计师灵魂里的优美和高远，一定能透过设计散发出来……

前线，但她们并未因此放弃精致的诉求……伦敦南部"画"丝袜的美容吧应运而生，为每个淑女涂抹咖啡色的润体液，并在后腿中央画上一条活灵活现的缝合线——这是当年丝袜的样式。我实在热爱这样的生态，从不给自己找理由披头散发怨天尤人，而是不抱怨、殷勤地打扮。不是为了虚荣，是为了向敌人表明与丘吉尔同样的立场……此时的英国《Vogue》杂志则持续地、热情洋溢地教导爱时尚的淑女，在战争期间如何穿着才是识时务的，并且不断推出巧思——"如何用孕妇披肩改成一件水手外套""如何用两件旧裙子改造成一件新裙子"，你甚至会看到用床罩改成的外套……此时的英国，捐躯不是唯一的爱国方式，时尚工作者全然跻身其中，与国家一起走过抗击纳粹的六年，并且为战后成衣业的蓬勃发展奠定了扎实的基础……时至今日，"二战"时期英伦时尚的感人与卓越，仍旧未被超越，也是我心里品牌的灵魂与时尚的使命之标杆。

真正的时尚，是一种精神，是站在正直这边的一种态度；是对时代、对他人的美丽提醒。国际化的时尚更是如此，里面应该饱含着和平宽广的灵魂、精辟的内在，让你无论去到哪里，都能被礼遇、被欣赏。设计师常有的错觉，就是以为别人要买他的才华，其实，人们要的是表达自己。如何帮助人们表达自己，是一个设计师应该有的谦卑和放松。而设计师灵魂里的优美和高远，一定能透过设计散发出来……所以，我常留意设计师的灵魂，留意他们生命的故事和结局，因为这些就是品牌背后的灵，其影响力也将波及为人带来的故事和结局……

认识被亏负和误读的经典

白色正在经历一个最被亏负和误读的时代。

它曾经的圣洁，只在现代婚礼中才被提及；它曾经的高贵，比如它曾是 19 世纪欧洲贵妇淑女的专用色，如今已经一去不返……白色，剩下的领地几乎都坚守在衬衣之中，在这里，它有不可取代的身份，既是最基础的那一件衬衫，也是最能出彩、最正式的那一件衬衫，且无论男女都是如此。所以，请不要把它视为校服和工装，那只不过是对白衬衣不可取代的地位的滥用，因为不知道该选什么最合适，所以选了不会出错的白衬衣罢了。

有礼有节

白衬衣本身就是特别有礼有节的单品，这件无领的白衬衣拥有此名是名副其实。

看似简单，却充满了复古的底蕴和现代优雅的简洁。面料本身

畅销书

德才兼备

幸福航线

有礼有节

隐约的镂空提花充满了可欣赏的细节，有耐品的精致。胸部的底衬，显示出一位淑女的稳妥与优雅，反而衬托出其他部位的性感，那些本来不是用来表达性感的部位，因此变得十分女性化起来……这是一种美妙的含蓄。这样无领的白衬衣，是截取了 19 世纪欧洲贵妇们身着白色日常礼服最常用的领型，只是没有沿用层层叠叠的蕾丝，按照 less is more 的现代手法，将这复古元素简化到个位数，只剩下了暗门襟、肩部碎褶……总结一下，这件白衬衣极其有礼地表达了淑女爱白色的优雅态度，又极其节制地复了古，那些有着深藏不露的品位的淑女，一定会一眼认出它的价值。

进退有度，动静皆宜

同款镂空提花面料，因为难得一遇，再三设计，仍灵思泉涌……

飘带白衬衣，是淑女白衬衣的经典元素之一，说它进退有度实在是当之无愧。飘带的秀逸、端丽，是为进；飘带的内敛、把稳，此为退……在职场形象中，它既可靠又可为；在生活形象中，它忠诚且权威。

动静皆宜这一款，就不谈设计了，只想谈谈它给我的一次惊艳——Fiona 在去年感恩季第一次这样穿着，那是她很不容易的一日，对很多人来说，恐怕要面临慌张崩溃的可能，她却在那时穿出了感恩、坚强、魅力……褐色系，原本不是她能驾驭的色系，却是感恩季色彩之一，Fiona 勇敢地选择了感恩！她智慧地把动静相宜的白衬衣穿在沙褐色的一字领连身裙里，露出洁白的衬衣领，替她

书 签

凯瑟琳的衬衣

进退有度

动静皆宜

与褐色之间作了优美而有创意的过渡与衔接，反卷的袖口，两段洁白素净醒目，显得清新有力，纯白是她最能驾驭的白……我坐在她的对面，聆听倾诉，一起祈祷……她在患难之日认真穿出来的感恩与创意，让我看到美丽不是一件小事，是见证自己活出了生命之美好的大事……我永远记住了这件白衬衣在 Fiona 生命中深刻的表达：生活，风平浪静有时，轩然大波有时，一颗感恩的心，才会使人有动静皆宜的美丽！

德才兼备

1840 年，英国女王维多利亚穿着以英国蕾丝绲边的象牙白缎面礼服与阿尔伯特王子成婚，为当时的欧洲时尚带来了象牙白风潮……象牙白，以其独特的复古、天然的色相，成为白色王国里举足轻重的角色。尤其当它与蕾丝和典雅胸针相遇，几乎立刻就具有肖像的意味，穿着它的淑女，只需要配上雕花画框，就能为家族后代留下一幅足以让儿孙惊艳的经典丽影了。德才兼备，不仅是维多利亚女王的历史形象解读，也是象牙白本身价值与品质的写照。

畅销书

就像它的名字，一再畅销……这是女人心里洒脱的小细节，一份节制的潇洒，从青春到永远。还在读大学时，我最喜欢的衬衣穿法，就是把衬衣的衣角绑成结。为了这个喜欢，那时的我总是买很大的衬衣，好让自己绑的结像要飞的蝴蝶，因为当年还没有专门为

优等生则以动感、新锐的设计，呈现出年轻的生命力。

打结设计的衬衣……对于爱裤装的淑女，这个潇洒的结是帅、是不俗；对于配摆裙的淑女，它是为温婉点睛的聪颖。

凯瑟琳的衬衣 W II

面料的人字纹提花，为这款衬衣带来隐含的经典元素，无言地诉说着不退流行的美，正如凯瑟琳的机敏与魅力……靠近腰线的蝴蝶结，是 maia's 独有的一只蝴蝶，已经飞了十年的美丽，外穿、内搭总相宜。

书签 II & 优等生 II

书签带着学院气息，清馨扑鼻……是搭配裙装时表达灵敏与创意的好选择。优等生则以动感、新锐的设计，呈现出年轻的生命力。

幸福航线

冷空气中清澈的倩影……最爱寒冷的日子里，穿得新鲜动人，一件厚些的白衬衣，就是这种时刻的必备，简单的选择，往往来自内心丰富的生命。

潇洒，不止一种解释

潇洒，不是一个身影，不是一个站姿，不是一连串的动作……潇洒是一种力量，一个抉择，一份需要酝酿成型的精神！

潇洒，能使直接的表达变得不一般地可爱，因为潇洒里必存有单纯，这单纯是有力量的！正如正正派派阳光的格子、英气逼人的草原绿……散发着家风纯正、良田万顷的富足，一望无际的淳朴，无忧无虑，能不潇洒？

潇洒，能让冷静理性变得富有魅力，因为潇洒中必有独立思考的痕迹，绝不人云亦云，也不随波逐流……深深浅浅的灰与黑，像厚重的低声吟唱，尤其是那交叉裹身的前襟，松松地释放出节制而又精到的潇洒——自在而又矜持！因为，潇洒从不是肤浅的开放！

潇洒，也可以是温柔地尊贵……仍旧柔软，却是凛然不可轻觑的！深沉的热烈，正如这耐品的琥珀黄，温润却高贵，仿佛即将扬鞭策马，驰骋清风里。

潇洒,是勇气,是沉静的承受,是以静默的方式回应一切磨砺和压榨的神采……
潇洒步步生风地前行着,将深重的苦难卸于身后,潇洒不是逃避,而是选择拿
起,然后放下!

潇洒，是勇气，是沉静的承受，是以静默的方式回应一切磨砺和压榨的神采……潇洒步步生风地前行着，将深重的苦难卸于身后，潇洒不是逃避，而是选择拿起，然后放下！

潇洒，不是眼见的体量，而是生命的质感；潇洒是忘我的寻求，是节节向上的飞高，是脱离缠累生命的地心力，甚至脱离过往的自己，心向远大前程！

潇洒，从圣洁悄然而至，因着渴慕重生，竭力追求就使美梦成真；圣洁让阳光降落在心里，使晴朗的蓝天披戴在身上……圣洁使人定睛未来，这未来切实地成为她步履中的坚强，成为令人惊艳的潇洒！

潇洒，是心意澄晰，义无反顾地持定正道，无视人声鼎沸的欢宴，无视魅惑捷径……潇洒，是知道天地都将废去，唯有真理永存！

潇洒吧，智慧的女子，潇洒是已获得人生至宝的真正淑女轻装上阵、行走人生时的笃定和轻盈！

诞生于休息室のJacket

　　我对维多利亚和阿尔伯特的喜爱由来已久，王室里的夫妻白头到老的是有，终身相爱如维多利亚和阿尔伯特的，稀罕……

　　无意中，发现了一桩和阿尔伯特亲王相关的时尚事件，就是关于jacket的诞生。

　　维多利亚时期的礼仪规定绅士们只要与淑女们共进晚餐，不仅要求举止和谈吐文雅脱俗，还要求穿着使人身姿笔挺的燕尾服，每当有淑女进来或起身，绅士们都会立即起身以示尊重。不过，饭后，当淑女们去喝杯茶时，绅士们就可以前往休息室"松一口气"了……在休息室，绅士们可以喝烈酒、抽烟、说男性话题、开怀大笑，因为这些都是与淑女们共进晚餐时不被准许的。（多么可爱的维多利亚时代！）然而，绅士们因为穿着燕尾服，就没办法在休息室的沙发上躺倒彻底放松一下了，因为要保持燕尾服那两片"尾巴"不被弄皱。这也是为什么我们看描写维多利亚时期的电影时，发

现落座前的绅士都会把两片尾巴甩开来，而不是直接落座的原因。

　　阿尔伯特亲王是一位像百科全书一样的绅士，学识渊博，为人安静诚实正直。维多利亚女王对英国的治理有方，阿尔伯特亲王功不可没。他不是一个爱应酬玩乐的贵族，维多利亚女王从婚前爱通宵达旦地跳舞到婚后生活作息有规律、爱学习，完全是因为阿尔伯特，这位英俊博学的丈夫深深地影响了女王，也影响了维多利亚时代。所以，我们不难想象，像阿尔伯特亲王这样的绅士，是不会太享受穿着燕尾服跟一群喝白兰地的贵族们在休息室闲聊的，也许，他只想趁着那一会儿，躺在沙发上小憩一下，可无奈那两片需悉心照顾的礼服尾巴实在碍事……总之，当 jacket 诞生于绅士们的休息室之时，它被称为阿尔伯特夹克（Albert Jacket）。那时的风尚，总是以地位最高的使用者命名，似乎是为

HALO,
NICE TO
MEET YOU

WELCOME TO
TAKE PHOTOS

了让反对的人收声，搬出一个权威来压阵。尽管如此，依阿尔伯特亲王的性情来推测，我仍认为他十分爱穿jacket，虽然当时的jacket只能用于休息室、郊游、散步等休闲场合。至少，我们能够清晰地明晓：jacket是为了休闲才诞生的，它诞生于休息室，而不是办公室！这时大约为1848年，离jacket的普及开来还有近一个世纪的岁月……将它发扬光大的是爱时尚、亲民爱社交的爱德华七世，他身着jacket条纹套装的形象已载入时尚史册，他是人类第一位穿Albert Jacket套装的国王。

最好的价值观，都有前瞻性，都不会随波逐流，这种逻辑在穿着艺术里同样通行。20世纪70年代，石油危机引发的通货膨胀自然也影响到西方的服装行业，人们从无节制地买廉价流行物，转向"买一件算一件"的正派、复古的经典传统服饰。因为，不退流行的经典元素也是一种有效、安全的投资。于是，这种价值观将jacket家族里一个古老的品种呼唤了出来，那就是Blazer Jacket——条纹夹克。

Blazer Jacket起源于1877年泰晤士河上的剑桥大学与牛津大学的划船比赛，不过当时的条纹是白底红宽条纹，十分的抢眼，后来条纹色彩发展为深蓝、红色、白色、黄色。由于深受人们的喜爱，Blazer Jacket不仅用于体育，还在学生群体、一般休闲场合中流行起来，最后扩展到女装和童装，成为名不虚传的jacket中的经典。它富有朝气的生命力与贵族传统色彩相互交织的气质，一直为西方人青睐，是休闲旅行甚至工作聚会的通勤jacket。不过，对于东方人，它还处在被直觉地认出与喜欢当中，正如诞生于休息室的 jacket，一直被误会是诞生于办公室，在我们许多人心中都以为它是因行政而生的。其实，jacket 的潇洒有气质、功能极具覆盖性、搭配极具灵活性，是所有爱上它的人才能尽情享受得到的。

有人说，jacket 是西方人的，没错，所以很多人叫它西服，因为中国古人都是穿长衫，后来是长袍马褂和旗袍，可就是没有随意的短外套，马褂只要解开扣子就没法看了。当然，有斗篷，从昭君出塞到黛玉葬花，都是披着斗篷……到 20 世纪初，jacket 开始出现在受过教育或追求时髦的民国女子身上，jacket 搭配旗袍在当时蔚然成风。今天，我们不加思索就接受了西方的 T 恤和牛仔裤，却忘记了早已被中国淑女接纳的 jacket，它曾经多么让举止风雅的民国女子钟情……

在我们追忆 jacket 的诞生之时，也让它的基因为我们带来出人意料的生命力吧！

不以貌取人

是肤浅的

"不以貌取人是肤浅的"

巴黎圣母院，圣诞前夕的早晨，我把镜头对准每一位穿着大衣的老夫人……要知道，她们的雅致毫不受隆冬影响。在头一场雪来临之前，寒气正在抽取地面最后一丝温暖，但老夫人坚持穿精致的半跟 Pumps（船型鞋）、丝袜，露出的那一截小腿，在我眼里倾国倾城，那是多么著名的现代美女都未曾效法过的优雅。摩登的趋势是穿着露大腿的短裙，脚蹬牦牛一样粗野的 UGG（雪地靴）……老夫人的小腿使我莫名地忧虑，这样的美景，还能存在多久？

"让我来拍你和圣母院吧？"有人以为我被教堂迷住，好心来成全。我看看他，手拿报纸的老先生，穿着深蓝色的羊绒大衣，谦和地讲着不流利的英语，就把相机递了过去。那件大衣意味着他是一个富足的人，无须抢劫——我只能以貌取人了，因为蓝色的眼球让人很难揣测出他的好坏。我根本不需要跟教堂合影，但是接受他

搭讪，是法国男人的习惯；调情，是意大利男人的礼节。千万别多情，千万别慌张，你只需要展示中国女人的端庄大方即可，至少让他晓得你懂得以貌取人。王尔德说："不以貌取人是肤浅的。"

人的慷慨是一种大方的礼仪。拍过照，我伸出手说谢谢，但是老先生兴致勃勃地说："我带你去那边，那个角度可以拍到最美的圣母院。"阳光这么好，没有任何不祥的预感，我于是跟着这位法国老人去到巴黎圣母院侧后方，那里果真十分宁静，我不禁为自己的运气感动。老先生开始要求我摆些pose，拍了一张又一张，我跟他抱歉耽误他太久了。他说不要紧，他就在那边的银行工作。他抬手一指，我突然就低头去看他的鞋……即刻决定不再磨蹭，因为一个在银行工作的长者，绝无可能穿克拉科夫鞋！

克拉科夫鞋就是我们俗称的尖头皮鞋，当然，它如今已没有诞生时那么夸张。14世纪欧洲的富有阶层拥有穿一种用天鹅绒和皮革制造的尖嘴鞋的特权。鞋子的尖嘴长到需用羊毛填塞，使之直立，鞋尖越长，身份就越显赫，因为长长的鞋尖表示他无须做任何事，甚至无须走路。当时英格兰的爱德华三世曾颁布此鞋的新条令，声称王子的鞋想多长就多长，贵族的鞋长可达24英寸，百姓的只准许6英寸……可见暴发户心态原本是从贵族而来，只是他们尽早经历，也就尽早克服了。如今，在形象设计的国际规范里，克拉科夫鞋已经完全被优雅造型拒之门外。男士的优雅规范及职场成功着装中，系带的圆头牛津鞋是可走遍天下的经典款，其中以弗朗切西纳式和德比式为最常见，前者可参照威廉王子，后者可参照温莎公爵。

我微笑着对法国老先生说："谢谢你为我用掉的时间，我的朋友在等我，我必须离开，再见了。"我拿回了相机。我想他没什么坏心，但是我不喜欢他脚下的尖头鞋，这种鞋就是无所事事的象征，我自己称它为花花公子鞋。我愿意尊重一份好心，但不包括任何形式的无聊。

搭讪，是法国男人的习惯；调情，是意大利男人的礼节。千万别多情，千万别慌张，你只需要展示中国女人的端庄大方即可，至少让他晓得你懂得以貌取人。王尔德说："不以貌取人是肤浅的。"

愿你在他眼中得平安
—— 夫妻之间的美感

去年我在以色列旅行时，见到一对年老的欧洲夫妻，他们虽然也穿着方便旅行的拉链衫，却让我悄悄地看了又看。做先生的穿的是深蓝色拉链衫，里面配酒红色羊毛衫；他的夫人则穿着天蓝色的拉链衫，里面一件粉红色的羊绒衫。他们俩都没有穿旅行时见得最多的牛仔裤，穿的都是挺括的西裤。最可爱的是做夫人的脚上竟然穿着鞋头有缎带蝴蝶结的平底黑色漆皮鞋，好爱娇的样子！满头银发一丝不乱，薄施脂粉，她的丈夫很照顾她，上台阶或者人群拥挤的时候，都会悉心看看她是否走得舒服……她神态悠然从容，看来享受惯了自己丈夫的体贴。在她文雅的神态举止里，我看到一个女人用一生的平安雕塑出来的脸，有皱纹，但是没有扭曲；有衰老，但是更有优美，她先生的眼里除了以色列风景显然就只有她了。

我想很多人都希望有这样的婚姻：不仅能执子之手与子偕老，还能爱到老、美到老……中国人特别喜欢"平平淡淡就是真"的训

在她文雅的神态举止里，我看到一个女人用一生的平安雕塑出来
的脸，有皱纹，但是没有扭曲；有衰老，但是更有优美，她先生
的眼里除了以色列风景显然就只有她了。

词，但这并不是我特别认同的，我认为夫妻之间一定要保有情感上的激情，而这份激情的源头，就是从你可以给予对方的美感而来。一对因爱情结合的夫妻，他们之间激情的流失，首先是从哪里开始的？很多时候，是从眼底。人们常常会为某个重要的场合和重要的人物添置新装，却忽略了和我们天天在一起的重要人物，就是我们的伴侣，他们的"观看"是非常需要被珍视的。

我的母亲去世十六年了，但是我的父亲每次谈到她总是充满了赞美，母亲在他的心里简直毫无瑕疵……我母亲是先天性心脏病患者，所以她在家养病的时间占去生命的一半，但是即使如此，我记忆中从来没有她披头散发、穿睡衣在家里晃的样子。我有一位男同学曾经这样回忆她："你母亲总是坐在左边的那张沙发上，等着接见我们……"还有另一位男同学则评价我的母亲："你母亲真是一位丽人。"因为，任何时候，你去敲我家的门，都会看到她是清洁、得体、端庄的。母亲是从不化彩妆的，但是她的皮肤保养得很好，而且她一定定期做头发，后来因为身体每况愈下，在她生命的末期，她要好的女友就会来家里为她做头发。她最后一次住院时，医院里的护士们竟然还问她这个重患："您是用什么牌子的面霜呀？"不久，她就去世了。

我想，一位女士在家里的状态是美感的第一步。无论怎么天生丽质的女人，当她松弛下来后，也一定要注意自己的举止和仪态。你可能会觉得，在家里应该怎么舒服怎么来，但是舒服和好仪态其实一点都不矛盾呀。比如，你可以躺着看书，但是总不能四脚朝天画大字吧？你可以窝在沙发里吃零食，但是总不能双腿摊开、吧嗒吧嗒吃得响声震天吧？任何时候，都要像有观众在面前一样，调整自己的姿态。当你刻意调整好姿态，你会发现，优美的姿态并不让人累，它会成为你的习惯。去看看奥黛丽·赫本的电影，她在影片中常常有调皮、出位的举动，但是都有美感。美感并不是强硬的教条，是事事处处都不难看，是真实而又随意的体态，当它成为你的真实时，你的美感甚至会是具有你独特风格的魅力。

仪容和气味也是居家时很容易被忽略的，尤其在有了孩子之后，我们很容易把忙和累当成忽略的理由。其实，这需要多少时间呢？最多十分钟吧。认真地洗脸，坐下来，好好享受一下片刻的宁静，悉心地为自己擦面霜，喷一点喜欢的香水，把头发梳理整齐……然后，让微笑在脸上浮出来！这很重要呀，笑容一定能够胜过彩妆的！我曾经亲耳听到一位优秀的男士说："我一看她的脸色，我就不想笑了。"所以，千万别往脸上抹"冷霜"啊！如果笑不出来，你也要找一件愉悦的事跟他打个招呼，让他知道你没有不开心。比如："有一只土豆发芽了，我们要不要用它来当盆栽？"你身上的气味要和你情绪的气味一样，有美感。

家居服是一定要付出代价去用心置办的。不要把过时的、穿了经年的、陈旧的衣服当成家居服。因为能看到你的家居服的，都是你生命中最重要的人！当然不用穿套装，不用穿晚装，但是一定要有美感。今年入夏后，我事先买了两双新的拖鞋和几件新的弹力棉质一件式齐踝连身裙用来当夏季的家居新衣，因为它的飘逸风格显得又浪漫又舒服。去年夏季的家居服已经淘汰了，因为勤换洗容易旧而走形。浴巾也换了新的，一条高品质的浴巾，总可以让我觉得很愉悦。

我曾经问父亲，妈妈为什么总让你觉得那么美，他说："她待人接物总是很好。"好像有点走题，但也不无道理，也许这就是父亲用一生去欣赏的地方吧。我从来没见过母亲跟父亲谈论家长里短，但他俩有说不完的话。所以我想，夫妻之间要保持美感，也要保持谈话主题的美感！多分享内心的美好所得，多分享彼此的梦想，多交流彼此读书之后、看电影之后的感受，坚持欣赏、挖掘对方的优点……我记得母亲曾经对我说："你爸爸穿西装好好看呀，只有他这么魁梧的穿了才好看。"在我眼里，父亲只是中等身材，在母亲眼里却成了魁梧……因为爱，也因为他们维系了美感。

我欣赏那些生活中的美人甚于 T 台和荧屏上的美女，因为在平凡的生活中保持美感比在众人面前表演美丽要难得多呀。然而，建造我们生命幸福感的，其实都是真实的生活和生活在日常生活中的人。

孩子，要听妈妈的话才！

越来越多的年轻女孩说："我妈妈让我别瞎买衣服，宁可花十件坏衣服的钱买一件好衣服。"问题是：什么是好衣服？什么是坏衣服？有的女孩觉得离开淘宝、脚踏实地走进一家有招牌的服饰店，就已经完成了妈妈的千叮咛万嘱咐。很多时候，H&M很容易就实现了女孩子们的好衣服梦。你能说什么呢？H&M也是70多年的老品牌了。

需要帮助着急的妈妈们做一个解释的是：好衣服是那些使用频率高、使用期限长的衣服，就是以它的单价除以它的使用次数得出的价格惊人地少的衣服。坏衣服就是使用频率低、使用期限短，以它的单价除以它的使用次数得出的价格惊人地高的衣服。我曾经在五年前买过一条H&M腰带，当时颇为自己的好眼光得意非凡，因为凡是见过那条腰带的观众都赞不绝口，甚至有人日后将它写到"回忆录"里了。可惜那腰带只是惊鸿一瞥，我用它真的不到十次，它就皮开肉绽了，因为它不是真皮制造，以它199 元的单价，它的平均每次使用价格是 19.9 元。以我这样喜欢天天穿裙并使用腰带的女士来计算，一年就算只有三百天使用腰带的话，我也需要六千元来支付此项开支。你想想，我还会买H&M 吗？不过，只要学生不笨，199 元的学费算是很低。所以，我用 1500 元买了一条法国原产的黑色腰带，用了三年，还是按照一年只用 300 天计算，我每一次只需要花费不到 1.7 元。而且此腰带如今仍旧完好无损，继续使用的话，它的价值几乎要开始为我创造利润了。这就是好衣服和坏衣服的区别。

看到凡妮莎·帕拉迪丝最近给 H&M 做的春季广告，并打出环保牌，我那颗充满相信的心，还以为 H&M 转性了。毕竟，凡妮莎·帕拉迪丝的脸曾经代表香奈儿的香味，是奢侈的象征；凡妮莎·帕拉迪丝的脸也是与约翰尼·德普在一起最久的一张脸……跑进 H&M 去转了一圈，把那款复古的小包包拎起来闻了闻，仰天长叹。这些需要几万年才能被降解的化学物质，把自己也当成了环保品。经典的含义是总能使用，而非祸害千年啊……最重要的是，它做得多做得快，以闪电般的速度塞满了女孩们的衣橱，造成每件衣服见天日的单价都是昂贵的，就这样满足了女孩们的奢侈梦。乱花钱，真的是奢侈的，西方人说"便宜东西花不起"，就是这个意思。并且，喜欢古着和波希米亚风的凡妮莎·帕拉迪丝是常常光顾古董衣店的女士，她的一件好衬衣已经穿了二十年，当年她肯定不是穿着 H&M 迷住约翰尼·德普的。

H&M 的每样东西都是年轻的职业女孩们买得起的，它的成功就在于：昂贵的模特，加上最低成本的面料和材质，以及最新资讯，让你在镜子面前以为自己变成了凡妮莎·帕拉迪丝。或者等天热一点，又以为自己变成了碧昂斯，因为下一季的广告已经拍好了。

孩子们，要听妈妈的话呀！

衣不栖尘，穿的是心

南京总统府里，可设一次穿着课堂。

话说 1948 年 5 月 20 日那一天，南京国民政府举行总统、副总统的就职仪式。蒋介石一身长袍马褂。清代的男性便装长袍马褂在进入民国后升级为男性的礼服，若蓝色长袍搭配黑色马褂就是至为隆重的，蒋介石正是如此穿着。李宗仁却是一袭笔挺的军装，各样的勋章叮当作响……蒋介石宣誓时，李宗仁因身着军装两眼平视，双手下垂，始终是立正姿势。叹惋骁勇善战的李宗仁，一身英雄骨，在就职仪式上竟被蒋介石考究的长袍马褂反衬成了马弁。

事情原委是，在典礼之前，李宗仁曾多次派人向蒋介石请示着装标准，回复是蒋介石定做了一身美式"三星将军"的大礼服。李宗仁获悉，特地找白俄高级裁缝，定做此种大礼服。可惜蒋介石没有珍惜李宗仁合作、恭顺的态度，在就职典礼之前手谕说就职当天都穿着军便装，李宗仁听信了……后来他在回忆录里写道："我当

谨记对镜穿衣，穿的是心；要保守己心，莫让心思战场有刀光剑影，
形象就自带光明，衣不栖尘。

时心头一怔，感觉到蒋先生是有意使我难堪……"他可能忘了自己
对蒋介石的第一印象：古人云共患难易，同享乐难。像蒋先生这样
的人，恐怕共患难也不易。李宗仁以己之宽厚心胸，难揣度蒋介石
对二十年前曾逼自己下野的李宗仁始终耿耿于怀，尽管为了平衡军
权接受李宗仁，但"中心藏之，何曾忘怀"。

　　人心有两大险恶：不饶恕和嫉妒。人永远都无法与一个不饶恕
自己的人求和睦，也永远没法让一个嫉妒自己的人满意，要知道你
的存在就是他的痛苦。蒋介石穿着一身太平盛世的长袍马褂，内心

却硝烟滚滚不肯休兵；李宗仁虽一身戎装，却愿意放下私心同舟共事……他们都没能穿出表里如一的形象。蒋介石虽然赢了就职宣誓的三十分钟舞台形象，却失和于江山。出自险恶人心的计谋，看似高明，其实出手已败。可以说蒋介石深谙形象穿着的奥秘，也可以说当他照着他所知道的去做时，做出来的却像完全不知道形象穿着奥秘的真正所在……人心有尺寸，岁月会剪裁，生命的斤两，只由天良的砝码来称量。不与人为善，或许可赢得片刻的得意，却寻不着战场之外的位置。蒋介石并不快慰，就职总统后的他，竟然已萌生下野之意——"心绪愁郁，精神沉闷，似乎到处都是黑暗，悲伤凄惨未有如今之甚……更切辞职之念矣。"明争暗斗，哪能得享平安；心里暗昧，所见就是漆黑。能思念隐退，已是蒙了天大保守，是救赎他日后光阴的幸事。

　　站在这著名的"有讲头"的历史影像前，感朝论代，叹息人生的贵贱，都已随刀剑沉埋，而来来往往的旅人将归；愿有心人带走警世之言，敬畏天数，珍惜生活。谨记对镜穿衣，穿的是心；要保守己心，莫让心思战场有刀光剑影，形象就自带光明，衣不栖尘。

设计师拾遗

我们的脚步太快，我们的语速太快，以至于遗失的东西太多……

我不懂的事

出租车里的广告，一个男生（不认识）和另一个男生（也不认识）为一个女生（桂纶镁）钩心斗角，其中一个愁眉苦脸，另一个嘴脸凶恶，露出《惊情四百年》里的牙齿，尖利地一笑……那样的表情只有基努·里维斯的脸可以胜任吧……我发愁地往下看，桂纶镁忧心忡忡地回头一望——"选谁呢？"接着，一瓶口香糖脱颖而出……无数次之后，我终于承认自己看不懂这出戏，也没推理出桂纶镁会芳心归谁。于是每天上车，马上做的动作就是关掉这个……媒体，也许我这样称呼它比较具有时代感。

这时代，让代沟长得比皱纹还快。

周日的家庭大餐——看《挪亚方舟》，做了两升的新鲜柠檬蜜，各人杯子都拿齐了摆在冷饮前，在不愿缺席哪怕一秒钟的庄严气氛里，当家的头儿才按下 Play 键……少年挪亚一出场，就身穿兜帽 jacket；中年挪亚出场时，他的妻子已经拥有机织的针织衫了，还有人穿着疑似牛仔裤的裤子……家里所有的男人都看看我，期待我给出某种解释——"你不是设计师吗？（目光潜台词）""看你们设计师做的好事！（心理潜台词）"我顺服地宽柔地说："对于史前文明，我们真的无法估量它有多么辉煌。"男人们听到"史前文明"几个字就都无异议了，一家人继续观影，这绝对算是对时尚没有兴趣的男人的好处。

　　史前文明……是的，我当然不懂，我太年轻。

我懂的事

那个叫作考肯的密封罐，宜家将它称为"附盖罐"的，意思是价格里包含了盖子。宜家很可爱的地方就是把桶子盒子箱子的盖子拆开来卖，以示盖子是多么重要而又独立。考肯的盖子之所以不能拆开，原因其实是……我觉得它更像捕兽器，也像捕鼠器的近亲。它的密封性简直具备武器般的威慑力，由于它适合装坚果糖果和饼干，所以一定要设计得孩子不能随意打开。所以每次我费力地打开它时，不仅被弹到过手指头，还曾被铁线的横截面刮破皮，后来我才知道家里的每个人都被它伤过。也就是说，力气小不是受伤的原因，受伤不是惩罚偷吃者，受伤是使用者享受的附加值之一，表示它的密封性能天下无敌。

搞砸了的秘密行动

"不好了，"我心想，"还有谁家的衣服可以给她穿？"好像所有的品牌都被黑客攻击了，很秘密地将衣服的版型剪裁成一个样子，不肯让她有一件合身的衣服——前襟第三粒和第四粒扣子之间都会不雅地撑开，她的左右袖山与胸高点之间会出现多余的褶皱，就像两片晒干的河床……

当人体出现超自然现象——胸部集中、朝正前方高耸时，她（其实是她们）就给自己带来巨大的难题，内衣使她只能穿着超自然服饰了，就像在失重的情形下《地心引力》中的情景。

做一个决定：带她去符合自然规律的专业内衣店，先换了内衣，

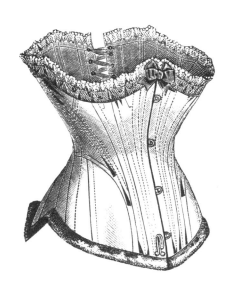

才能做全身的设计。明白事理的她，一口气就买了一周之内天天换的数量。

于是，第三粒扣子和第四粒扣子不再相争，袖山和胸高之间舒缓地分担了原本被高峰撑起来的海拔。可爱的女士们，原本以为选择了最完美的内衣：集中、挺拔、厚重，但是不知道集中会使肩部显得宽，使头部显得大，因为所有的集中模式都只有一个尺寸，这个原始尺寸的使命就是把所有的胸逼迫出一条性感明星那样的沟壑来。本来，这是一项美妙的秘密行动，但是被搞砸了，原因是它们只为胸脯服务，且一视同仁。

设计终于可以继续进行。我终于回归到对设计的信心里，回归到对其他设计师的信心当中，那种受惊吓的程度，是她不能体会的。

混战中的秘密行动

"五年，足以知道各人的生命了。"好些个五年以前，某青年才俊向我评判某族群的各人；好些个五年过去，"各人"散落天下，我俩，都活着。

我只记住，五年是可以搞清楚一些事的期限。

五年前，是包包们气场的丰年，各个品牌的包，都有头有脸，面目清晰。那时要给被设计者找到全套场合所用的包也不算很难。次年，开始有年度热包；接着，热包开始短命；再接着，没有了 It Bag；再接着就是今年，包包的设计师们集体出现了疲态，原来的好包开始画蛇添足，不好的开始嫁接好的，同等量级的开始杂交……你中有我，我中有你，你不让我活，我就跟你同归于尽。坚持基因者甚少，但也还是有做自己的独行者。找包的难度是五年前的几倍，你算算。

Bottega Veneta 的包大大方方地长出了 Chanel 的链条和呢绒须边；而自从 Louis Vuitton 的 Speedy 包被当作拎包世界共同拥有的财产之后，Louis Vuitton 也毫不客气地让 Celine 包的蝙蝠翅膀飞到 2014 年的广告包款上——大家都欠我的，我拿谁家的，谁家也是替大家还债的意思……当然，它的蝙蝠翅膀自己长了 Louis Vuitton 的拉链，特别懂中国女人的心——怕丢东西。满天飞的还有笑脸包的把手。

最可怕的不是包包们的杂交，而是专门为中国女人设计的包，让你花上好几万，买一个集 Prada、Gucci、Chloé、Celine、Fendi、Burberry 于一身的"好包"，让市场份额为我独享，这就是今年的主流，让包包显得无比眼熟，恰似任何一款大牌……我就见过这样一款"好包"：爱马仕的包盖、Celine 的蝙蝠双翅和笑脸包的把手、Fendi 的纹理、Burberry 的军旅气质、Prada 的价格……店员说："这个包卖得好好，没有 logo 哦，你们现在都不要 logo 的……"店员的普通话讲得很流利，明白了，赶紧离开。

　　这场秘密的战役已经处于浴血奋战的肉搏阶段，结局就是物种的灭绝。我们在硝烟弥漫的枪林弹雨中掩护淑女撤离危险区……

　　最后的胜利是属于淑女的，这是可坚信的盼望。

　　淑女爱用传家宝。

古雅与经典，我们曾经都有

几乎每个人都想建立自己专属的"个人色彩"，却不能都达成愿望。其因有二：一是因为个人对色彩的喜恶是受过去的经历和环境影响而成，所以，对颜色的取舍未见得都正确；二是人们忽略了"个人色彩"其实还包括你的言谈、修养、性情等内在建设。

改变自己的过往，以及过往对自己的错误影响，不容易。不过仍有值得尝试的途径：忘掉小我的根源，了解大我的历史。

十多年前，我曾在英国的博物馆见识了在博物馆里工作的老夫人为一群小学生讲解名画中的色彩与人物故事。课时颇长，老夫人却始终激情饱满，还预备了各色丝绸面料、仿珍珠项链，让孩子们模仿画中人选择角色扮演，帮助他们将名画中的色彩辨认出来……油画中的色相深奥而又美丽，足以让我相信那些被熏陶的孩子长大成人后对色彩的品位。在费城的博物馆，我也遇到过一群青少年，跟着一位年过六旬仍旧身材修长的老夫人，听她讲解雕塑。我记得那位老夫人穿着黑色的高领毛衣，一条明灰色的铅笔裙，黑色厚丝袜，黑色平底芭蕾鞋，两颗简单的白珍珠耳环在她的身上仿佛价值连城……因为她一笑一颦都充满了浓烈的个人色彩，尽管我对她的容貌没有印象了，但她确是我储存的惊艳记忆之一……在南京博物院度过的这个下午，使我想起这些往事。我看到英国人用国家的历史宝藏影响着各家各户的孩子，这是智慧的——不论家庭的品位如何，最后都由国家的品位一锤定音。

英国人讲色彩，会提及中国的秘色瓷。英国人讲面料，会由衷地赞叹在丝织品考古中，中国出土的纺织艺术品是其他国家无法比拟的，其中既包括工艺的高超，也包括图案的精美。马王堆出土的沙罗丝绸上菱形图案呈现的几何排列，会让人想入非非——针织衫里的菱形图案莫非出自马王堆？十九世纪时，欧洲的游客开始将大批中国刺绣带回国……那些绣花有柔情的枝条和浪漫的玫瑰，用色考究、节制，秀美至极……古雅与经典，我们曾经都有，中国的美育何不由中国历史中的美物开始，让大我对小我产生美丽的影响力。

　　看南京博物院"盛世华彩"展出的官窑瓷，再次品味到中国古典色彩的典雅，诗词里的青山与孤帆、春来江水绿如蓝，活泼地呈现在眼前……可以确信经典色彩是人类共同的看见。所憾的是中国古人的看见失传了，只剩下著名的中国红担纲国色……也许，这就是人心不古在色彩上的生生体现吧。失去了温婉厚重的精神，中国红自然变得厉害了起来。记得蔡元培曾经议论"富贵不能淫，贫贱不能移，威武不能屈"的境界，不是源于智育和知识的计较，而是源于美育。可惜，这个启示也被国人遗忘了……是的，唯有淳厚的人心，才会研调出温雅的韵泽。人心决定色彩的选择。个人色彩的建立，显然，还是只能从内心开始。

七千里外拋錨的效果

　　草编拖鞋、夹在脑后的头发、加上满脸的烟火气和一条刚穿上身的新衣服……场景就像快递刚刚将她从厨房拯救出来，她迫不及待地换上了寄来的连身裙……然后就把照片发了过来——"这条裙子我穿不适合，效果不好，我要退。"

　　我亲爱的呀，等你吃完饭，自己回到卧室，干干净净听会儿音乐，除掉了脸上的烟火气再来试穿新衣服吧。音乐，总是能使女人的脸色以最快的速度柔和起来……女人不要不快乐地做很多家务事，做多了，脸上的气氛就开始不好了，穿什么都不好看。智慧的女人，都会分派家务，温柔的爱语使孩子愿意为你效力，撒娇的习惯使丈夫愿意拔刀相助……你打扮得美丽动人，他们以你为荣，情愿为你铺床叠被刷杯洗碗。当然，也有爱做家务的人，比如我（此处需要一个捂嘴偷笑的符号），会因为没时间做家务而发自内心的郁闷，极爱的休息就是一边听音乐一边整理我的家。可惜，我如今公务太

多，家务没法做。

有些时候，我们会遇到"效果抛锚"的问题，寄出去的新衣服明明是客人的判断和我们的分析非常吻合的，但是突然就被砸过来一块冰——"我穿了，效果不好"。然后，我们就会收到上述彼类的照片，总结一下，很快找到两大"凶器"——拖鞋＋没有发型的一把抓。

查查时装史，没见过哪件伟大的衣服是配拖鞋和一把抓的发型会好看的。亲爱的，试新衣服，得像要出门那样郑重哦。一双拖鞋，足以使形象距离美好效果 500 公里，再加上一把抓的发型，就是 1000 公里那么远！

想要缩短与最佳穿着效果之间的距离，除了注意在 1000 公里之处别抛锚，还有一条近路，就是化个日常淡妆。化妆的时候，请用爱自己的心情来享受过程——要享受。我们对自己的形象不能功利，而要享受其中……当你准备好了，再慢慢打开快递包裹，在音乐里，穿上新衣服，你会发现，就在刹那之间，你抵达了佳美之地。

今日的灵感
—— 新鲜感

　　当我指着行李箱，对儿子和先生说"我好啦"时，他们观察了一番，说："哇……""真的就这些了吗？"嗯，我总是很大方地给他们质疑、取笑我的机会，并将这看成我的幸福。

　　此行我立志要精简，并非我发生了转变，我永远都想多带点衣服，但情非得已，回程时只剩下我一人，没办法拎很重的箱子。所以这次，衣物只占去半箱空间。从前的此刻，他们常担忧："我觉得已经超重了。"不过我是无忧无虑的，只要他们或者他们中任何一位与我同行就好。

　　第一步

　　六天时间，要应对至少九个场景：飞行、访友、葬礼、复活节活动、下午茶、晚茶、泡书店、百货公司、悠闲小吃。精简的第一步是决定所带的鞋，在鞋的基础上决定要带的衣服。

猫步女王

一双深灰色漆皮"底气",一双黑色平底"行走的芭蕾"。

漆皮鞋,是我出行的宝贝,尤其是去台湾这样多风雨的海岛。漆皮鞋不仅可以应付隆重的仪式、庄重的场面,而且踏进任何大都市都不怯场,还能在雨天从容漫步……它一直是我的秘密武器。我喜欢常备两双黑色漆皮鞋:一双上班,一双留给重要时刻,好让它总像是新的。深灰色的漆皮"底气",是我为自己作的设计,可以搭配各种灰度的衣裙,是通勤的精明选择,白天不耀眼,夜间也不失分量。

要事为先

决定好鞋履,就从最要紧的事情开始预备衣服。首先是要参加的追思礼拜,一位善待过我的长辈,92 岁高龄安详去世。我怀着敬重的心,不假思索地叠好"维多利亚 II"——他配得尊荣的告别……

在台北的周日刚好是复活节，跟故友约好去教会参加复活节活动。想到灰色的漆皮"底气"，很自然地寻找灰色裙子，"桑菲尔德"的灰底上有生机勃勃的小花束，心有温柔地选了它，与故友喝晚茶穿它也不错，亲和淡喜。可惜，它是当时第一版的样裙，腰线裁高了，舍不得浪费好面料，就留给自己穿了，穿着时得勤快地协调下腰带与腰线的关系……我常常穿有问题的样衣，不过也能借此提醒自己做一个正面的人。人对了，衣服的问题就容易消化。

毫不犹豫地选了浅灰的"优雅礼遇"去喝下午茶，今年我宠爱的春装之一，去年秋天打出样来就忍不住穿了两次。"桑菲尔德"和"优雅礼遇"不仅

桑菲尔德

素面的芭蕾舞女郎

素面的芭蕾舞女郎

优雅礼遇

可共享一双深灰漆皮"底气"，还可以共用一条灰色"伴侣"。去百货公司我也穿"优雅礼遇"，多次被人说："猜不出您从哪里来。"我把这当成一个赞美，它能脱离地上的参照和标签。而且，"优雅礼遇"还能帮助我摆脱多余的热情推荐，它会无言地告诉别人："不，我不需要这些。"也能吸引恰当的推荐："我觉得您会喜欢这个……"对于不具备社交天赋的人，穿得对尤为重要。

泡书店，是每次去台北的固定节目，台北的书店最给我安全感。"素面的芭蕾舞女郎"加一件卡丁衫刚好应付书店里的冷气；"行走芭蕾"则保证我能够站很久；一条黑白佩兹利小丝巾既御寒又与黑色平底鞋遥相呼应；平底鞋最忌讳穿得随便不精致，需要与它搭调

维多利亚

的小配饰，增加它的艺术气息……轻松舒服而又文艺地泡书店，才对得起自己的爱好……出了书店，可把小丝巾系在黑色拎包上。"素面的芭蕾舞女郎"也负责陪我坐飞机，不起皱，加上深灰的无里羊毛长风衣，把体温调节得刚好。

安全漂流

在台北走街串巷，找美食逛小店，需要最惬意的漫无目的，有点浪漫也有点漂流感……条纹T恤是贴切的选择，"猫步女王"的弹力，走多久也轻盈，搭一件卡丁衫在肩上，很有安全感……早发现自己是没本事流浪的人，安全地流浪半天，足够了。因工作提前三天回深圳的儿子，在我快迷失时发信息给我："找到那家蛤仔面线了吗？"诚实地回答："找不到。""晚上叫人带你去吧。"先生总会在告别时嘱咐他："好好照顾妈妈。"看来他觉得自己还没卸任。无论如何，一脸茫然与条纹T恤还是很搭配的，于是发信息给邀请我一起晚餐的朋友——"晚上带我去吃蛤仔面线吧。"

心得

我发现自己很少穿新衣服出行，把没有穿着体验的衣服带去旅行不太明智，因为旅行需要更自在的得体。有些衣服，尤其是那些简洁的、心爱的，即使穿过多次，换一个地方穿着，会有层出不穷的新鲜感……再说，在新舞台新观众面前，它们难道不是新的吗？

回程那日，每完成一道手续就给儿子和先生发个信息报告平安……先生不住地感恩，儿子发了个"好棒"的表情给我，看来这回我确实给了他们新鲜感。

不过，来接机的先生把箱子往车尾箱放的时候，万分惊愕地说："怎么会这么重啊！书不是叫儿子拿回来了吗？"有些问题是不用回答的，男人跟女人在一起难免大惊小怪，因为女人最擅长制造新鲜感。

沉思者の感恩

收到一条信息，菲秘提醒我别忘了告诉大家次日穿着日主题。是哟，每周三是公司的穿着主题日，设计师们轮流出题，这么快又到我了……

快半夜了才想起主题的事，长期以来，这就是我抵制压力和完成所有工作的妙方——忘了。

打开日历，数算了下，心里一热，发出本周三穿着主题："沉思者的感恩"。

周三上午的例会，因为有主题穿着，对彼此的期待从来都会超过对会议的思量。例会，不论有多重要的问题等待商讨，都无法带来压力。在maia's，姑娘们都爱开会，楼下轮流参加例会的女孩们，都盼着轮到自己来开会的那一天。

不加思索地出了题，自己倒发了一阵呆，穿什么呢？

感恩，假如未经过沉思默想，就只能凭眼见，看得见的获得和

黄色也是感恩季里负责点亮其他颜色的那个角色。它像催化剂，能够使整个褐色系变得生动活泼，让褐色显得更为深沉……哑柔的芝士黄丝绸衬衣、褐色半裙和拼色披肩彼此相应，让造型洋溢出丰盛有余的幸福感。

益处，才发得出感恩……然而，真正的感恩，是产生于无形的深沉情感，是像爱情一样绵绵不断的情愫，它不会因为现状和境遇改变，就像不会因为爱人衰老而让爱情消亡一样坚贞。感恩，是凡事感谢的思维模式，也是持续不断的此种思想的本体。

沉思者的感恩，需要表达思想的深度，也需要表达感恩的氛围。美好的情感若是不能外显，就无法让生命呈现出感动与回应啊。

打开收纳半裙的柜门，有一格里都是铅笔裙，翻找了一下，取出十一年前的一条全羊毛灰色铅笔裙，里衬都开始变色了，外面看起来还像新的。当年它端庄得无人问津，在特价区被我一见钟情，麻灰色的底纹上有纤细的黑色和蓝色的条纹……现在这个季节穿最合适，几乎每年我都会在深秋穿它，现在用它刚好恰如其分地带出一位沉思者的认真……再从放真丝衬衣和羊毛卡丁衫的隔层里找出咖啡色缎面衬衣，虽然也有棉质的咖啡色衬衣，但因着感恩季节的来临，褐色一定要表达得华美一些，要用最好来感恩！然后，当然要披上那感恩的红色卡丁衫"和平之邸"，特别把橙色镶边的那一面朝外披着……灰色与暖调的褐色系相遇时，似乎是感性与理性的最佳平衡。配饰，跟着褐色系走，自然就要选择金色调：腕表、戒指、项链。鞋跟着铅笔裙走，选灰色的麂皮"底气"……对着镜子自我欣赏了一番，感恩得如此具象……就差一只香喷喷的火鸡啦。

褐色系，无疑是感恩季的基础色，在感恩的季节里，褐色尤其会显出它的安全感、舒适感来；比如深浅不一的驼色、棕色，都是感恩季的漂亮基础色；与褐色和谐相称的感恩季色彩还有焦糖色、蜜糖黄、驼黄、橙色、火红色、枫叶红、酒红、南瓜红、南瓜黄，多么温暖香甜的组合啊，就像走进欢声笑语的祖屋，与所有亲人相聚时，安适的兴奋，软绵绵的归宿……沉思者的感恩，就像一道厚重结实的大门，什么风雨霜雪，都关在此门之外。

姑娘们都神清气爽，也有穿多了"沉思者"比例的姑娘表示自己的丈夫都参与到审题穿着里来了……看来，应该一起再过感恩节了。

旅行中心穿着艺术：
亮相，轻巧无声……

　　将"亮相"二字戏剧化，会使亮相服穿得锣鼓喧天，以达衣不惊人死不休的境界，其不智在于易被人定格在浓墨重彩中，接下来就不容易轻松做人了。隆重的亮相起码需要在隆重的邀请之后。

　　人在外，于陌生地的亮相，要轻巧无声。"轻"是礼貌也是尊重，是对陌生环境的问好，就像好教养的轻轻落座；也是谦卑，悄然入境，不打扰也不张扬。"巧"则是聪明，是聪明主动地匹配，与人为善，说到底，还是尊重。人爱尊荣，若拿出尊重对他人，也是尽快去除双方陌生感的良方，所以穿着得当的亮相服便是无声的礼数和问好，更是节制的自我介绍。当年肯尼迪总统对法国人做的自我介绍："我是陪同杰奎琳女士来的人。"真是佳言美辞，体现了他多么懂得以谦卑的自我介绍聪明地亮相。

　　这三个月，从美洲到欧洲，每每抵达，"素面的芭蕾舞女郎"都是沐浴更衣后的亮相服。针织质地，有让自己和他人都感觉舒服

人爱尊荣，若拿出尊重对他人，也是尽快去除双方陌生感的良方，
所以穿着得当的亮相服便是无声的礼数和问好，更是节制的自我介绍。

的亲和柔软；黑色，是现代最眼熟的颜色，在哪里穿都能融入，但要黑得随意简约，易加易减。环境若考究，简约的黑色一件式可加披肩、丝巾、项链；环境若朴素，简约的黑色一件式，配双平底鞋，大方干净。

抵达奥地利时，酒店除了我们没有其他同胞，我们是俨然的外国人。酒店外的树荫与遮阳伞下都是成双成对的当地老夫妻在慢悠悠地吃午餐，一派老欧洲的风雅。我们安静地入住，在电梯里小声说好都穿"素面的芭蕾舞女郎"，穿得相仿，队伍整齐，第一印象就有规矩。一小时后，蹁跹出现，虽是同一款，却因身材体态不一、添加配饰不同而各有表达，一点不会制服化。虽然轻轻路过，欧洲老夫人们的眼角还是敏锐地捕捉到我们，从审视到微笑，过渡得很迅速；老绅士们则毫不吝啬地点头招呼，我们被赞赏的笑容接纳，也伴随微弱的好奇……他们没有被打扰，且为空气中增添了适度的新鲜与活泼，使我们成为彼此眼中的风景画，彼此的愉悦。我们就这样轻巧无声地在阳光斑驳的树荫下落座，成为他们中的一份，安心等待美景中的午餐。

Party里应尽最大可能裸露之处

心理礼仪

不可失礼，是参加任何 Party 的要领，这是一种发乎内心的谦卑。对于你已接受的邀请，要愿意事先花时间准备。如果你觉得仓促，请不要把它当作应酬勉强答应，因为这应该是一个享受。即使含有商务成分，也要把商务看成副产品，重视邀约、看重他人的感受、郑重准备，才是一种美好的素养。提早思考，于己于人都是尊重。

昨天，先生问我清晨散步时为何那么沉默？我说："哦，对不起，我是在想我穿什么去参加老师儿子的婚礼呢？"先生笑着说："好好想吧，还有七个月的时间。"他已经很习惯我常常为这样的事认真思考。是的，我最近受邀参加明年春天在美国一个美术馆举行的婚礼，婚礼将是美式的，去的人绝大多数我都不认识……这对于我，是一道新鲜的命题。

穿什么，于我，绝非苦恼，而是乐趣与创意交织的一次设计。

每天都要好好设计自己的形象，何况一场盛会。我想，这就是对待一场 Party 该有的心理素养。永远不要做出这样的解释："哎呀，我实在太忙了，就穿了这个来了……"也不要明明认真准备了，却这样刻意表示自己的随便，因为这对邀请方是不尊重的，就好像对方不配得到你的重视。心态积极并且带着创意地准备，是令人愉悦的，是健康的心理，也让邀请你的人倍感尊重和欣喜，是每个参与者必尽的礼节。礼仪，要从心开始，才会感人，也才能悦己。所以，准备好自己的心，认真预备，是 Party 着装礼仪的第一步，也是保证你享受 Party 的要素。

其次，要弄清楚 Party 的主题、地点、时间、自己的角色，你在这个 Party 中想要有何表现？这决定了你以下的选择，也是你社交成熟度的体现。在 Party 里，要杜绝自己生涩拘谨的表现，越显得成熟自然，越是迷人。香奈儿说：一位身穿晚装且真正会打扮的

真正会打扮，就是能够这样——舒服地隆重。

女士，应该能做到这般：她穿行在熙熙攘攘的人流中时，毫不起眼；但当她踏进客厅的那一瞬间，却能在一屋子的精英中引发些许的骚动。这真是高度概括了 Party 着装要素。出场的骚动是因为她穿得非常恰当而又精彩，不仅受到一致的欣赏，还为 Party 增添了气氛，这是一份对群体的贡献；她穿行人流毫不起眼，则说明她的穿着毫不过分，于人于己都自在，并且使她游刃有余，融于人群，享受其中。真正会打扮，就是能够这样——舒服地隆重。

面料材质的选择，有时就是无声的宣告："这是 Party！"选择对的 Party 面料，已经迈出了精彩的一步。

参加 Party 的面料要显得贵重、独特，超越日常的质感，日常面料不要放在选择之列。上乘的羊毛、丝、绸、缎、欧根纱，都是经典的 Party 面料。要注意的是，它们即使不是新的，也要被打理得像是新的。不要穿着有磨损、崩纱的丝绸或毛料去 Party。高级化纤面料和高科技面料也是 Party 的好选择，它们的优势就是观感高雅，或有垂坠感，或有雕塑感，并且不容易损坏。如果是钉珠、亮片一类的手工面料，请参看"心理礼仪"，做到角色与面料相协调。

不得不先说黑色，因为这是 Party 中出现最多的颜色，肯定能让你在人群中游刃有余且毫不刺眼；但是，如果你要的是香奈儿所说的那种杰出的"毫不起眼"，你就要好好考虑如何把黑色穿得有声有色了。

在大都会商务 Party 里，我推荐极具知性气质、沉着老练、短直发、肤色白皙或肤质干净、身材挺拔的女性穿着简单的 LBD（小黑裙），这是把黑色穿得十分出色的潜在要素，但一定要有非凡的配饰随之出现。当然，不完全具备以上条件的女士，并非不可以穿黑色，要切记的是，别把黑色当 Party 制服来穿，也别穿出黑色的重量感，要穿得有品位、有巧思。

其实，Party 可选择的颜色并不少：奶白色，尤其适合在白天户外举办的 Party；红色，如果你心情十分好，又有充足信心，真是佳美选择；淡金色，很别致的华丽，当你到达 Party 现场时，是绝不会让你后悔的颜色；缎感祖母绿，有贵族的惊艳效果，绝不会输给红色做绿叶；孔雀蓝、凫蓝和紫调，都具贵妇气质，成熟、神秘，能驾驭这些颜色的人值得冒险，会带来惊艳；有金属感的灰色是相当聪明的选择；黄色，出人意料地制胜；只要有通透感，其他的深色也可以尝试。不过褐色系却要慎重，除非质地华丽、伴有宝石和上等手工装饰，否则褐色在 Party 上会显得过于低调。

细节考究

Party 上穿着的细节，是许多人表达身份、实力的所在，所以要特别注意节制，否则会失却品位。

鞋、包、珠宝是 Party 上最多被展示的细节，要显得优雅，千万别用时下大热的广告款晚会包，也别用当季最流行的昂贵腕表。使用过去的经典老款，会使你显得成熟又练达——好东西都是积累来的，不是赶潮流抢来的。这份漫不经心的表达力，才是细节的考究。鞋一定要新，不可有磨损。聪明的 Party 女王都会欣赏凯特·莫斯总是在 Party 中穿一双尖头船型鞋的做法，只是，她那看似貌不惊人的黑色漆皮鞋总是新的，这就是其中秘诀。

长短抉择

这里面当然有长短的问题。你参加的 Party 是属于哪类人群，对此需要有清醒的认识。如果是传统风格的，长度才能体现隆重；如果是时尚风格的，则短裙也时髦。如果你想一如既往地表现自己的优雅，那么你就不管什么派别，以优雅取胜吧。优雅的女士不赶时髦。想要以很短的裙长赢得众人的欣赏，显然不会是明智之举。

裸露原则

Party 中藏有吸引力法则，是不言而喻的事。所以，不要让自己暴露得好像在说："我是最容易被约会到的人。"真正的吸引力是神秘感，是智慧。听起来有点古老，但实际上神秘感永远不会过时。因此，你得明白，恰当的裸露在 Party 上只是一种礼仪。露了一处，其他部位就要好好保守住，礼节到了，就够了。杰奎琳·肯尼迪是最会运用裸露原则的，她只暴露她的两条胳膊，但世界上最有权势、最具财富的男人都被她吸引。显然，智慧和优雅才是 Party 中应该尽最大可能裸露之处。而要如何裸露智慧和优雅，就要看你是如何遵循以上各项原则的了。

我永远

都不会失去你

我永远都不会失去你

　　坐在幽暗的衣橱里，闭上眼睛，白色的木头发出淡淡的味道，丝质的裙摆轻轻地点击在我弯曲的膝盖上，尽管衣橱的门被严严拉上，但记忆的风，仍旧使它飘动……妈妈，我握紧双手，在这幽暗中，听说这样可以回到我想要回到的任何时候。

　　我要回到刮风的那天，我们穿过操场，妈妈，那是什么季节的风？我不记得那天我几岁，我不记得那天我的颜色，但是我记得你肩头灰色的外衣上斜斜的纹理，离我那么近，在我记忆中它们总会被放大到更为清晰……我站在你怀里，在操场的一角，我的眼里进了沙子，我记得那阵剧烈的刺痛。你说："闭上眼睛，忍一下，妈妈来处理。"你在操场的冬青树旁，把我的眼睛扒开，你就，离我越来越近，伸出你的舌尖，把你看到的沙子舔了出来……妈妈，我就是要回到这个时刻，你在这个时刻告诉我："舌头是最柔软的，现在只有它可以把沙子取出来了。"在任何意外的时候，你从不慌

张，你总是有让我们记忆深刻的办法，尽管你是家里最柔弱的病患，但你是我和父亲心里的支柱，我们总是在需要办法的时候，一起看着你。

我握紧双手，我要回到这一刻，再次体会妈妈温润柔软的舌，为我舔去尘沙，那时，我并不晓得这是爱。现在，我回到这一刻，当我没有了眼里的沙子，我要停在妈妈的怀里，抱着她，贴紧她的胸口，听那颗有严重心脏病的心脏不整齐的搏动，那不整齐的、坚强的搏动，为我和父亲，跳动了多年，直到它再也不能跳动为止……

我紧握双手，抓住时光的隧道，我紧闭双眼，我要看见记忆里的妈妈……我还要回到那千篇一律的黄昏。

妈妈，那是校园的气象站，你并不在那里，在那里站着的，是我。十四岁、十五岁，我站在那里，悄无一人的黄昏，我总在那里。我眺望远山、晚霞，听远处的脚步声，我在那里享受没有你的时刻。妈妈，我在那里假装自己没有家，没有父母，没有温暖……我在那里把自己带进许多离奇的故事里，我希望，那时，我希望我是一个孤儿，能够逃避你的各种要求，是一个自由的女孩……我希望我可以一直在那里站着，不用回到千篇一律的家，我厌烦了你的各种管教，你对我的纠正总是那么多，你给我定的规矩有增无减……妈妈，我在那里站着，希望能够一直站到我自己的人生出现。为什么别人的妈妈都健康，只有你不健康？为什么别人的妈妈不管她们，只有你那么严格？邻居们都说我又温顺又乖，其实我只是害怕你心脏病发作，我的心里充满了不满……妈妈，那时我很坏，我只希望快点长大，能够飞得很远，离你很远，听不到你的声音……也不用小心翼翼地担心你的心脏。害怕你死，那种害怕好沉重，每一天都像书包背在我背上。书包取下来，书包的重量就没了，但害怕的重量却还会在。直到妈妈手术后住在疗养院，又一个黄昏，我回家看到爸爸留在桌上的纸条，说妈妈情况危急……我骑上脚踏车，狂奔几十里，到了郊区的疗养院。天都黑了，那一路没有路灯，我不停地在心里呼喊："妈妈，不要死，妈妈不要死……"那天夜里，我被命运驯服——不论如何都好，只要妈妈不死。从有记忆开始，对失去母亲的担忧也同步开始，对一个孩子，妈妈请你原谅，那真的是一个沉重的负担，因为我不知道，失去那个负担的疼痛更沉重……

　　紧握双手，任凭泪水滴落，我要回到那些千篇一律的黄昏，我要变回那时的我自己，我要在那悄无一人的树丛里深深地痛悔。这哀伤痛悔的心，妈妈，你必宽恕。我要回到那些黄昏，不在树丛里耽搁许久，我要回到家里，享受那千篇一律的温暖，听妈妈和爸爸细碎的交谈声，听他们把刚烧开的水倒进茶壶里的声音，听他们喝茶的声音，听我自己跟他们说话的声音，听妈妈对我说："洗手时，不要把水滴滴到地上……""这件衣服，重新叠一遍……""关抽屉的声音要再小一点……""这个词语不适合这样使用……"妈妈，我失去了好多黄昏，我要回到那些黄昏，跟你在一起，我要那些千篇一律的日子，那就是我的人生，是我人生中宝贵的幸福。

　　"是你妈妈让我知道怎么做一个女人。"很多年后，见到高中女同学，她这样对我说，后来她是机械系的女生。妈妈，认识你的人，都记得你留下的点滴，而我却浪费了那么多光阴，使你不在我身边……

我终于可以飞了，的确飞得够远，然后，我就一遍一遍地飞回家，妈妈，我总是飞回你的身边……当我自己要成为一个母亲的时候，我每天都跟你煲电话粥，说不完的话，没有一样重要的事，我们只是说话。你就像个年轻的女生，对我的每句话都兴致勃勃。我什么都告诉你，除了忧伤，我什么都告诉你，只要能让你高兴……

我紧握双手，我要回到我临产的前一天。在那一天，妈妈一点都不像一个病人，她的心脏勇敢地神奇地承受了她不能承受的激动……因为她的女儿要做妈妈了。妈妈最后的愿望就是能牵着外孙散步。所以，她不准许实习医生来为我检查，面对一群跟着教授的医学院学生，妈妈不高兴了，她拦在我床边威严地说："我的女儿马上要生孩子了，我不同意拿她做实验，我不准许让学生给她检查，我要好的医生来！"妈妈就像一个勇士，以她的心脏不准许的语气和分贝说话，我们都第一次看到母亲那么言重……竟然没有人反驳她，学生们安静地走了，来了好医生……我记得，妈妈一直在床边，握着我的手，我根本睡不着，但是我要让她知道我睡着了，我不喊叫一声，不哭，我甚至不记得有多疼，因为，妈妈就在我身边，我们一起迎接新的生命到来，她勇敢地使我成为勇敢的母亲。我为能实现她最后的愿望而坦然无惧。

我在幽暗中松开了双手……接下来的岁月，我不想再进去……新生命的到来，意味着你要与我告别了，妈妈。妈妈走之前几天，看着我，轻轻地说："我真感谢我自己，生了你，可以把你留给爸爸……"你看着我，妈妈，你欣赏着你自己的作为："你长得这么好，这么健康……"你是那么疲惫、那么心满意足地对我说，一点不在乎你自己生命的短暂，是多么残忍的事……若不是来自对永恒的盼望，我永远无法承受这种失去……

我从幽暗中重新回到阳光里，我知道妈妈也在光中……爱，使我们永远都不失去彼此，妈妈的爱，直到今日还是如此清澈地滋养着我。

被缝合以松涛海浪

　　幼小之时，我有两个让父亲头痛的爱好，一是把好好的稿子裁成各种规格的货币，跟小朋友过家家时用来"买菜"。由于我总是扮演妈妈的角色，所以货币必须由我出品。我们不用买米，爸爸授课的白色粉笔经我们磨碎就代表米。第二个爱好是我喜欢把布头剪成碎布头，做很小的衣服、裤子、裙子以及钱包……父亲在我的印象中是不生病的，但是每当我处在这两个爱好中，他就像要生病一样皱皱眉头，因为本来有点用的变成完全没用的了。然而，父亲欲言又止，最终什么也没说，我觉得是出于母亲的默许，父亲从不与她意见相悖。记忆中母亲从未因此不快，看来这是她允许或者是她教的。我很清楚地记得她为我的布娃娃织了一件羊毛背心，而且她陪我玩时能用手帕为洋娃娃做造型，当我跟小朋友一起重复那些造型时，却弄不出来了。

　　再大一点，我开始不让父亲皱眉头了，他的扣子掉了，袜子破

在入睡前缝几针，白日里的杂务、心头的思虑，突然就截止了，手中的针脚，带来尘埃落定般的宁静。有时，困得眼皮都抬不起来了，手中的针线却还生龙活虎。专注，总是带来某种超然事外的安宁。

了，我会抢着说："妈妈妈妈让我来……"父亲十分骄傲地说："我女儿缝得真好呀。"

小学四年级那年夏天，奶奶从老家来跟我们短住，有天狐疑地看着我，不知哪里有点怪，直到叠洗好的衣服时才发现，我把自己的短袖衬衣都缝出了腰间褶，前面两道，后面两道，择线选色得当、针脚细密、线路笔直。一个没有发育的孩子，穿着掐腰的衣服，能不怪吗？盼望做女人的我，一定觉得很难熬，所以我从来不想时光倒流……生命，就是勇往直前。

终于开始发育了，总是在长高，裤子穿一穿就短了，母亲就会帮我把裤脚边放下来，接一块尽量同色的布，拼在裤脚里面，用针把拼上去的裤脚边细细地缝在裤脚上，每次她都能准确地挑出一根纤维，让针线顺利地穿过去……我屏住呼吸看着，心动手痒，盼望着自己再长高时，自己缝裤脚边……是的，我很快就负责缝自己的裤脚边了，我模仿母亲的技巧，却发现不是那么容易，母亲缝过的裤脚边从裤腿上丝毫看不出针脚，而我总还是会露几针出来……不过，那丝毫不影响我拿起针线的热忱，我知道，总有一天我会像我的妈妈。

读大学时，我已经自己做衣服了，当然，那时是用母亲的缝纫机。母亲去世后，父亲把缝纫机卖给收废品的了，对我来说简直是晴天霹雳："爸爸呀，那是妈妈的、我的、蝴蝶牌的，你怎么能卖了呢？"我语无伦次地惨叫。爸爸大无畏地说："我看你们都不用了啊。"唉，唉，唉。

男人，永远不能完全懂得女人之间的事，哪怕这个男人是我伟大的父亲，唉……

父亲大概忘了，妈妈曾经吩咐他去买各种颜色的线，各种粗细、长短的针，还有一套张小泉的剪刀，收在一个漂亮的饼干铁盒里，作为我的针线盒，成为我嫁妆中最素朴却最令我动容的一部分……我的母亲啊，我今日的衣裳，有多少你指尖的针脚、你生命的意蕴……

我从小迷恋那些缝缝补补的事，今时今日，当我拿起一块碎布头，依然能回到那个时候的心情，激动而又沉静，沉浸在此种矛盾的情境里——就像一个隔窗观海的女人，惊涛骇浪拍岸，这个女人却因听不到、触不到，岿然不动。

在很忙的时候，就是想缝上几针，那时感觉几乎是一种奢侈，边缝边想：等忙过了，能一口气缝完是多么享受啊……

在入睡前缝几针，白日里的杂务、心头的思虑，突然就截止了，手中的针脚，带来尘埃落定般的宁静。有时，困得眼皮都抬不起来了，手中的针线却还生龙活虎。专注，总是带来某种超然事外的安宁。

任何一个针线活，都不是事先想好的，我喜欢因材制宜，选到手里的布头是什么样子，决定我会做一个什么东西出来，并且，平时收集的扣子、橡皮筋、毛线、丝带，都会派上用场，所以每样东西都很难重复。

曾经在台北买了两块瑞士的玫瑰香皂，喜欢它们淡雅却持久的香气，更喜欢包装它们的碎花布。香皂用完后，拿着碎花布琢磨了良久，慢慢地，边想边做了一个三个格子的首饰袋，旅行时带三条精致的项链刚刚好……三个扣子是很久以前衣服上的饰物，剪下来留了好久。有时看到人们说什么"断舍离"，我就感到自己完全舍不掉这些针头线脑的东西，虽然它们占用了三个小抽屉……

先生今年突然爱上了眼罩，有根松紧带从他眼罩上的一端脱了线，我看看其实还很结实，就干脆把它剪下来，让他用新的眼罩，飞机上发的眼罩他带回来好几个。那根松紧带就成为戒指袋的灵感，因为我一直在想那一根长长窄窄的碎布头要用来做什么……刚好有一颗黑色包扣与之搭配。

生活在三个男人的世界里，每当我缝好一个小针线活，就很希望妈妈还在……有时，拿给儿子看，他看了 A 面，都不懂翻过来看看 B 面、打开来看看里面，只是外交辞令地说："不错。"那一针一线里的惊涛骇浪，变成了温泉里的一个水泡。当然，我也会拿给父亲看，跟他解释怎么用。他看了看说："嗯，有意思，不错。"其实我很想听他说点别的，我希望他能想到什么妈妈的故事……最后，先生对我说："唉，你真是心灵手巧呀……咦，这不是我眼罩上的吗？难怪你要我换个新的，我好不容易把它扯松了些……"他终于恍然大悟。

父亲，女儿的维他命P

每个父亲都能做一件完美的事，使自己的女儿终身获益——张开双臂迎接她的到来！

杰奎琳和戴安娜，出生都优于常人，父母都离异，都嫁给大自己12岁的显赫丈夫，都在婚姻里遭遇丈夫的不忠……她俩的命运所包含之启示，像一张明晰的对照表，而她们的父亲，会列在表格的首项，她俩人格特质的悬殊，正是分水于两位父亲对女儿的接纳态度。前者认为自己天生就不同凡响，后者则自觉不该出生，注定了不配关爱。

杰克·布维尔，他的身世已不值得探究，因为不论他的背景如何虚实难辨，他的长女杰奎琳·肯尼迪·欧纳西斯才是他光荣的注脚，而他，是杰奎琳的生父。杰奎琳之所以能够成为杰奎琳，与杰克·布维尔视自己的长女为"无价之宝"不无关系，从长女杰奎琳出生起，无论自己的为人处事如何有失体统，有一件事，他从未停

天下的父亲啊，你可以很寻常，但是你能做很出色的事，就是用你的接纳、爱护、欣赏与赞美，塑造出与众不同的女儿，一个能相信自己是无价之宝的女人！

止，那就是——毫无保留地夸赞自己的女儿。

爱德华·斯宾塞，第八代斯宾塞伯爵，他的出生虽高高在上，但是他被世界认识，是因为他的小女儿使他成为英国王子的岳父。然而在这段不幸的婚姻里，戴安娜的脆弱和崩溃背后，都包含了对自己父亲的愤怒宣泄，因为她是父亲眼里被错生的、不受欢迎的孩子！父亲等待的是第九代斯宾塞伯爵的继承人，一个儿子。他备齐了烟花，只等爵位继承人呱呱坠地，没想到来的还是女儿，他失望地离去，直到七天之后才给这个女儿一个名字，没为她准备教父、教母，那些灿烂的烟花，也没有为戴安娜绽放！

杰奎琳的妹妹李，在姐姐举世闻名之后曾经说："如果父亲没有特别地宠爱她，她是不可能获得异乎寻常的力量、独立和个性的。"几乎所有了解儿时杰奎琳的人都知道，她的父亲杰克珍视自己的女儿，杰奎琳常常能从父亲那里得到"维他命P"（P为praise的缩短语，意思是赞美）。说起来，杰克并非好的丈夫，但是他喜欢做父亲，他爱孩子。比起脾气暴躁、情绪不定、报复心重的母亲，杰奎琳姐妹俩都更爱她们的父亲，和父亲在一起，她俩都更快乐。即使在杰克与杰奎琳的母亲离婚之后，只要杰奎琳想见他，他会推掉所有的事，把时间给自己的女儿，从不会失约。他对待自己的婚姻和情感有无数过错，但是他对女儿的爱，杰奎琳都收得到。最重要的是，杰克在自己的一生中，不遗余力地用爱、欣赏和赞美塑造出杰奎琳独特的人格特质。没有人的爱是完美的，尤其对这个风流成性的男人来说，他对杰奎琳的父爱算是难能可贵。

斯宾塞伯爵给戴安娜的童年，是与保姆、奶妈、私人教师度过的童年。母亲生了戴安娜之后得了产后抑郁症，因为她已经连生三个女孩了。戴安娜对父母的童年记忆是：母亲常常哭泣，父亲从不解释为什么。甚至她的弟弟出生之后也要到七岁才可以和父母同桌吃饭。不像杰克，还在杰奎琳和妹妹很幼小时就告诉她们："淡绿色的冰激凌最好吃……"他永远都是女儿杰奎琳心目中一个罗曼蒂克的符号，他好像是从菲茨杰拉德的小说里走出来的人物，还有着克拉克·盖博一般的性格魅力。

戴安娜和杰奎琳一样，跟母亲的关系都不好，但是她的脆弱更多来自父亲对她的拒绝。她从父亲那里感觉自己不受欢迎，直到她出嫁的那一日，照片上，马车中她与父亲都是各自望向各自的窗外，既无对女儿的不舍，也无对父亲的感恩留恋……那童话的一幕，隐藏了多少残酷的画外音啊。

杰奎琳则一心盼望父亲能送自己走上婚姻红地毯，但是记恨前夫的母亲却坚持让杰奎琳的继父担任了这个角色，对外界宣称杰克得了流行性感冒……这是她痛击杰克和伤害杰奎琳最深的一次。然而，杰奎琳承受了这个终身的遗憾，她在父母不幸的婚姻里长大，早就训练出对待挫折所需的自制力，甚至，他的父亲早早就告诉了她男人有多坏……然而，这位谁都抓不住的浪子对女儿的激赏，奠定了杰奎琳在日后的婚姻挫败中的冷静和绝不自暴自弃。她坚持到了最后一刻，都保有自尊，这份一直都在的自信，少不了父亲自幼对她的肯定。父亲，是每一个女人生命中第一个至关重要的男人。

戴安娜在婚姻中的崩溃，说到底，缺的就是父亲能给的那口底气，没有那份与生俱来的被爱与接纳，丈夫的不忠，就会是千斤重的稻草。查尔斯王子对戴安娜的冷漠，仿佛重复了父亲的拒绝——我是不值得被爱的。对父亲的愤怒与对查尔斯的愤怒掺杂在一起，引爆了她那一连串的不明智行为，将婚姻推向了死亡。她并不想离婚，她只是想呐喊和控诉。那种从小不被接纳的自卑也使她模仿自己的母亲，用不忠诚的行为从别的男人身上去寻找肯定和接纳……

杰奎琳总是穿得文雅、经典、自在和知性，她记得父亲如何教导她塑造自己的魅力，直到她去世，父亲送给她的小书桌都在她的房间里……杰克会抓住一切机会教育女儿什么是风格："风格不仅仅体现在穿着上，更体现在世界观上……风格不是富裕、身份的象征，而是一种思维方式。"经历一生的坎坷之后，即使选择不尽完美，杰奎琳仍旧创造出令人铭记的"杰奎琳风格"，从容而又深刻的存在，更超越了她的父亲所传授的。

戴安娜却直接从小女生装束上升为性感偶像造型。急于展示美丽，是因为存在被漠视，魅力从未得到赞美……而当全世界都注目她的性感与美貌之后，她才发现，丈夫的爱意仍旧遥远……其实，假如骨子里拥有来自父亲的接纳，查尔斯是无法使她疯狂失控的。可悲，她至死也未能拥有父亲的欣赏与丈夫的爱。

天下的父亲啊，你可以很寻常，但是你能做很出色的事，就是用你的接纳、爱护、欣赏与赞美，塑造出与众不同的女儿，一个能相信自己是无价之宝的女人！

爸爸，谢谢你和妈妈勇敢地生了我，所有邻居都见证了你对我的降生是何等的激动满足。

谢谢你那么爱妈妈,你对她的深爱与坚守承诺的付出，使我有一个充满阳光的家。

谢谢你在我失败和犯错之后，从不否定我，而是继续爱我、支持我。

谢谢你在妈妈去世之后，给我更多的爱。

爸爸，我爱你。

为父心切

　　大学毕业，我去厦门工作，是父亲送我去的。我带了一箱衣服一箱书，都很重。我报到后就住在公司的小洋楼里，那是一家犹太人开的美国公司，父亲住在附近的小招待所里。他陪我去买了一瓶洗发水，记得叫棕榈洗发水，还帮我买了一个圆形的小闹钟，对我说："以后你要自己叫自己起床了。"两天后，父亲就走了。

　　后来，我听母亲说，父亲回到家就去书桌前给我写信，妈妈坐在一旁，让父亲把她的话也写进去，信到收尾时，父亲写道："爸爸只能让外婆的在天之灵保佑你了……"写完这句，他就趴在书桌上号啕大哭起来……我的外婆是福建人，母亲还在读大学外婆就去世了，父亲并未见过她。母亲当时的确是用的"号啕大哭"四个字，她说："妈妈从没见过你爸爸那样哭，你要知道爸爸多爱你。"我震惊而又沉默地听着妈妈的描述，当时心里只觉沉重，什么话都没说。很多年，我都没有好好消化这件事，也许，我下意识地回避去

思量父亲痛哭的分量和原因吧……那时，我就是想要离开家，离开父母，我想有我自己的身份和人生，我想要呼吸陌生的新鲜空气……这是当年无知的我之思想。所以，当母亲跟我讲述父亲的哭泣时，我只感到有压力，仿佛，我的远行，是一种犯罪。

其实，远离父母并不是罪，但不爱父母一定是罪。我爱我的父母，那时也是爱的，但是我却想远离他们，仿佛向往罪中之乐。

父亲是个躺下就能睡着的人，年轻时最爱惠特曼、普希金和李白，我拥有他曾经的诗集，感觉他是个提慧剑斩情丝的诗侠，我不太能想象他趴在书桌上痛哭的情景……然而，这件事一直是我跟他之间最沉谧的连接，我对他的了解和不了解是由这件事结合在一起的。我从来没有问过他，他大概也不知道妈妈跟我讲述过。父亲一直用普希金式的情怀，在各样的时势动荡中，保护着出身不好的妻子，用他对母亲的爱情与环境决斗，从未使母亲受伤。他自己则活在惠特曼式的自我释放中，自由自在地自成一格，像李白一样陶醉在藐视一切陈腐和束缚之中……谁能了解他呢？除了母亲，我也不敢说我了解他……

母亲去世前郑重地把父亲交给我，要我好好照顾父亲，说父亲太单纯，不懂世界……我把父亲接到深圳那一年，感觉自己的人生开始踏实起来，与环境有了真实的连接，因为父亲成为我的桥梁。我们都不懂这个世界，但只要我们在一起，就有了自己的世界。

前年父亲外出旅行，走之前送给我一个小小的摆设。我一直把这个摆设放在我的床头，这是父亲对我的爱，也是他找到的最好的爱。

我想，假如妈妈没有告诉我父亲曾为我失声痛哭，我能明白父亲的爱这么多吗？我相信每一个父亲，都曾为自己的儿女哭泣过，用不为人所知的方式，在不为人所知的时候……父亲的哭泣，是儿女一生的守望和恩典。

你是我生命中的礼物

　　放下蒙莉莎的电话，停在沙发里没有起身，我不是在想象她在电话里跟我约定的明年四月在深圳相见，我只是想起了去年的秋天……从西雅图到温哥华，和蒙莉莎一家度过的秋天。

　　当我说蒙莉莎的一家时，仍旧是她和哥哥威廉以及他们的父母这个原生家庭，并不是她自己那个美丽的小家。我想，当我俩在一起时，都在潜意识里活在我们父母的家里……因为我们是发小，我们在发育之前就认识了，可能比这还要早。我出生时，和父亲一起等在产房门外的正是蒙莉莎的父亲，遇春伯伯。

　　遇春伯伯是玛德阿姨的丈夫，一位外科大夫。玛德阿姨是我母亲的中学同桌，一位妇产科大夫。当然，他们移民温哥华之后，就不再是大夫了，他们家仍旧在医院工作的只剩下蒙莉莎，她在温哥华最古老的医院里上班。去年秋天，她把我带到她医院的门口，让我闻闻那里种的薰衣草，她问我："香不香？"我点点头说好香……

我要怎样打开这个故事？它是部未完成的长篇，一部延续了半个世纪、三代人的故事……有太多可以切入的时间点了。

从我记事开始，每个春节的年初三都是父亲的同学会，是开心热烈的一天……每个春节的年初四，是跟着父母去蒙莉莎外婆家的日子，我们会在蒙莉莎外婆家团聚，待上一整天。蒙莉莎的外婆去世也是在年初四，母亲那天回到家还在落泪，说："她老人家就是等我去了才走的……"蒙莉莎的外婆和外公是中国最早的留美学生，因为爱中国，执意回来。外公死于 20 世纪六十年代，去世前温柔和缓地说："我相信有一天他们会知道他们搞错了……"那时他被定罪为特务。

印象中，蒙莉莎家族里的人不分男女老幼说话都慢吞吞的，比如："外婆，你的白衬衣掉到水沟里去了。"我想起玛德阿姨说自己从未听到父亲抱怨后悔过，这种语速，应该是从血脉而来。

不过，有一个人例外，就是遇春伯伯，他穷其一生地想成为蒙莉莎家的加速器、惊叹号、指挥棒——"快快快，吃这个……做那个。"但是没有成功。直到去年秋天在温哥华，遇春伯伯还跟我们投诉玛德阿姨："我的意见总是无效……抗议也无效。"我和爸爸、儿子都笑了，无人调解，因为历史就是如此。只有我的丈夫苍白地安慰了遇春伯伯几句，因为他是从去年秋天才进入这个故事的，我们全家四人去探望玛德阿姨温哥华的家，这是第一次。从前都是他们回国来探望我们。

威廉因为毕业后在微软工作，搬去了西雅图，所以蒙莉莎和威廉为我们拟定的路线就是：先飞西雅图，在威廉家住几天，再由威廉驾车带我们去温哥华玛德阿姨家团聚……威廉竟为我们请了半个月的假。

小时候有一回寒假，威廉和蒙莉莎来我们家住，每天早上威廉都醒得比我和蒙莉莎早，他就用拳头敲墙，咚咚咚地吵我和蒙莉莎，直到我们咚咚咚地回应他……蒙莉莎和我睡一张床。那时威廉叫大毛，蒙莉莎叫二毛。二毛欺负大毛的点子不少，遇春伯伯不管二毛的，只管儿子，一进我们家就说："把字拿来给我看。"大毛就乖乖去拿毛笔字，遇春伯伯数一数页码，发现了偷懒的页数，立刻命令："去补上。"大毛就顺服地去补写毛笔字，那时我挺烦遇春伯伯出现，打乱我们的玩耍计划，虽然大毛总是被欺负的那一个，但没有了他，就不好玩了。

我知道威廉和蒙莉莎没忘记这些，所以去年秋天相会我们三个几乎天天都在一起，他俩都没拖家带口……威廉和蒙莉莎都有了自己的家，各自都生了两个儿子，平顺美满。我想，这个故事可能会在我们仨这一代停下来，第四代已经没有机缘交集了，他们不在一处长大。这种心照不宣的遗憾，使我们在布查特花园狠狠地重温了一下童年的疯狂，在旋转木马上忘情地天真了一番，三位老人在一旁开心地看着我们转了一圈又一圈……不知何时再聚得这么齐了。

威廉、蒙莉莎兄妹为我们精心设计了每一天的行程，我们游遍了西雅图和温哥华的精彩之处，但留在我心里最深刻的记忆却是和玛德阿姨晒衣服……

生命也许很短，爱却总是源远流长……有些礼物，要在很久很久之后才能收到；收到的时候，一定要明白那是礼物啊。

　　遇春伯伯来温哥华之后就不拿手术刀了，爱上了木工活儿，他给家里的后院搭了个很宽的凉台，院子里种了无花果树，听说年年结果，吃也吃不完，每年他们都会送无花果给左右邻舍……玛德阿姨的洗衣房在地下室，衣服得晒在无花果树旁边才进到阳光里。程序是这样：先把衣服一件件挂在衣架上，再挂到晒衣绳上，用夹子固定，最后摇到阳光底下……我发现玛德阿姨每次都是按照衣服的颜色归类挂晒衣服，深色、浅色、白色……用来固定衣架的夹子也会分类，蓝色夹深色的衣服，粉色夹浅色的，白色夹白色的……我默默地把衣服、衣架、夹子递给玛德阿姨，按照她的归类法，我和玛德阿姨默契得好像天天一起晒衣服……我还记得那时的风，那么干爽地吹着我们，两家人的衣服就那样混在一起进入了温哥华的阳光里。我心里的感动酸甜柔软……母亲也喜欢这样晒衣服、做家事，总是很有次序，很有规律，很有细节……母亲去世很久以后，我在家里冰箱内发现一棵完整的人参，头儿上竟用一根细细的红色毛线绑了个蝴蝶结，我知道那是妈妈的作为，带着人参娃娃的故事气息……可爱的母亲，心里总是充满了细腻浪漫的想法，做出来的事总是那么耐人寻味……就在去年秋天，晒衣服的那日，我在玛德阿姨的身边再次回味了跟母亲在一起做家务时的安详与宁静……玛德阿姨在那天的阳光里断断续续地跟我聊母亲："你母亲的心，再没有那么好的了……好真的真心……"我一句话都说不出来。

有时候，我们需要很长的岁月之后才能描绘出某种深沉的感受，不过，那种感受诞生的时候往往又立刻变成了追忆……我叮嘱自己要专心地活在那阵秋风里，不要错失了那一刻风中的阳光和清香。我庆幸自己儿时总是乖乖地跟着父母，走进了父母的世界，进入了他们生命中的美好故事……如今，我总是希望去哪里都带着儿子，就像我的父母曾经带着我。

今年九月，玛德阿姨和遇春伯伯回国看望玛德阿姨的妹妹美德阿姨，我和爸爸、儿子赶去和他们汇合，遇春伯伯郑重地说要请我吃饭，谢谢我和丈夫送他的跑步机，说每天跑步都会想起我们……那是我们要离开温哥华时悄悄给他订的，因为他太爱运动了，坐在沙发上看电视还一边举哑铃……这次告别时，他哽咽地说："你出生时我和你爸爸一起等着……现在你已经这么大了……"

蒙莉莎那天也打电话过来，只是不肯视频，说她刚洗完头穿着睡衣乱乱的不好看……当时她还没计划明年回来，说没想到我那么忙还赶过去会她的父母。我语塞了，隔了一会儿说："因为你们都是我母亲给我的礼物啊……"我也感谢着蒙莉莎托父母带来的礼物，她精心制作的两本关于我们在温哥华的相册和一个录像光盘，里面还有我们从前的照片……蒙莉莎说："我始终喜欢冲出来的照片。""我也是。"我说。

　　生命也许很短，爱却总是源远流长……有些礼物，要在很久很久之后才能收到；收到的时候，一定要明白那是礼物啊。

愚人の期待

　　有个女孩，小的时候，家族里的长辈觉得她傻乎乎的，但都爱她温顺。女孩的表姐聪明漂亮，走到哪里都得夸赞，女孩景仰自己的表姐，很愿意跟随姐姐。

　　当这两姐妹在一起时，家里的长辈自然会买双份的零食给她们。做表姐的说："妹妹，我们先来吃你的，吃完了再吃我的。"妹妹就说好。于是她们一起先吃完了妹妹的这份。然后，表姐就开始拿出自己的那份一边吃一边走开，一边吃一边走远……妹妹就站在原地看着，不太懂。长辈们看在眼里，都说表姐太坏了，然而语气是欣赏的，心里都想着妹妹就是笨一点。"你怎么能相信她？"他们笑着对四岁的女孩说。

　　不久，表姐表妹又相聚了。长辈们照例给她们买双份零食。做表姐的又说："妹妹，我们先来吃你的，吃完了再吃我的。"妹妹就说好，于是她们一起吃完了妹妹的这份。然后，表姐就开始拿出自己的那份一边吃一边走开，一边吃一边走远，妹妹就站在原地看着姐姐……这样的情形到她们开始读书就结束了。孩子一大，吃零食就不再是她们消磨时光的内容……但是表姐玩的"妹妹，我们先吃你的"的游戏成为家里很出名的故事。

如今，姐姐和妹妹都长大了，经年不见，偶尔相聚，彼此陌生，就聊聊儿时的事，让彼此热络。于是姨妈就笑着问做表妹的："你姐姐每次都把你的吃了，你怎么会每次都相信她。"表妹安静地回忆了一下，说："姐姐那么聪明，可能我觉得她不会再用老办法来骗我了。"

原来，是妹妹对姐姐有很高的期待，人们不是都说姐姐又漂亮又聪明么。不过，如今人们都用曾经夸姐姐的话来赞美妹妹。

明天我们穿裙子好吗？

六月一日，是孩子夏天的第一日。在我的童年里是这样的，六月是夏季到来的铁定信号，也是终于可以穿裙子的季节。我们那个年代的孩子，即使天气已经热了，也不敢在六月到来前穿裙子，即使六月到来，也要观望一阵子，看看有人穿了，才迫不得已似的把裙子穿到学校来。

"明天我们穿裙子好吗？"

记得有一年我跟小雪和芸在六月里的约定，是谁约谁？忘了。我们三个总是做一些坚固友情的事，比如，我们每天都一起买冰棍吃，今天我买三根请小雪和芸吃，明天小雪买三根请我和芸吃，后天芸买三根请我和小雪吃……我们从来不用担心当天买冰棍的值日生是谁，芸的记性是特别精准的，她是班上的学习委员，尤其擅长算术。现在回想起来，我们三个竟然从来没有吵过嘴，没有生过气，这实在是难能可贵，肯定得感谢芸对许多事情次序的维持，除了"明

天我们穿裙子好吗"这件事。小雪在"六一"早上就穿了裙子来，我在"六一"这天的下午才换上了裙子，芸等到第二天才穿裙子来。

小雪没问我俩为何没有一早就穿裙子来，我也没问芸为何下午还不穿裙子来。但是，我隐约记得当天早晨我内心的彷徨：穿裙子吧，万一她俩没穿呢？不穿吧，万一她俩穿了呢？这样看来，相约穿裙子的应该是我和小雪了，学习委员在这些事上理当落后。小雪用体育课穿的橡胶底白球鞋搭裙子，没有凉鞋，现在看来挺法式的，巴黎许多年轻女生现在就这么穿。小雪的裙子都是她姐姐穿旧了的，上面配着洗得很薄了的的确良白短袖，也是她姐姐的，她的红领巾总是不能规规矩矩待在衣领下面，不知为何总是跑出来贴着脖子……但是小雪快乐地做第一个穿裙子的人，她的快乐使我后悔没有一大早就穿裙子去学校。

我没有姐姐，每年夏天都会有属于自己的新裙子和新凉鞋，因为我长得快。我的内心其实很渴望穿裙子。那一天的下午，我仍旧记得自己穿着豆糕绿的的确良短裙，前后各有三个很大的内工字褶，是妈妈设计的，她说这样不会让面料堆积在一起，更凉快。上身是印着雪花图案的奶油黄棉纱短袖，都是从江苏老家的布料店里买的，奶奶带我去时我自己挑选的。现在想，在暖色的夏季面料上印着冬日的雪花，是多么的奇异啊！我从小就自己挑选面料，而且家里每个人都会尊重我的选择，这也很奇异，母亲和奶奶在的时候我竟然都没想过问问为什么，我以为这是每个人天生的权利。

小学毕业之后，我和芸到了同一间中学的同一个班级，小雪去了另一间中学。没有了小雪，我和芸再也没一起吃冰棍了。我和小雪倒是还有联系，偶尔还会遇见小雪的父亲，他总是热情洋溢地要我多帮助小雪……我还在念大学的时候，小雪已经结婚了，跟一个部队的军官，但是出了点问题，我已忘了其中的细节，大概跟军官的妈妈有关。小雪就住回她父亲家了，她父亲又要我帮助她，这回我就真的帮助了她，以她的名义写了一封情书给她丈夫，她读完我为她写的信，说："他要是还不理我，就是个畜生。"这句话我一直记得，那次，他们的确和好了，但是最后还是离婚了……再后来，我们失去了联系。

今年春天，小雪找到了我，她生活在遥远的北方，正如她的名字那么冷而美的地方，她说："我想在我死之前一定要找到你……"我们在电话里聊了很久，她说话仍旧是往昔的风格，每当她说话，我就会想起我们在"六一"那天的约定以及我穿的那件棉纱短袖，那件衣服就像小雪，图案冰凉，却柔软、温暖。

亲爱的孩子，未来需要你。

2019 年 4 月，听闻这个城市里一个女孩因升学的压力坠楼身亡，这个孩子会画画、会唱歌、会写作文，无奈孩子的成绩却不理想。因为升学的种种重担，她看不到未来，选择了绝望……玛亚老师久久不能忘怀，不能平静……在这个儿童节，她怀着一颗急迫而又深情的心，向无力应对世界压力的孩子们发出心声——"孩子，你无比宝贵，不可取代，未来需要你！"

亲爱的孩子：

你好！

也许我们认识，也许我们不认识，但我莫名地爱你，并且想要对你说话，我不是今天才想对你说话，我也不是今天才有话对你说，我早就在对你说话，我早就想说……从前，我总是时不时地说几句。

亲爱的孩子，有一天我在散步时看到了你，你正在跟一只蝴蝶说话，那只蝴蝶是黄色的，而你穿着橙色的小裙子，手里拿着一张纸。我看到纸上画着花儿和蝴蝶，你跟飞着的小蝴蝶走，边走边说："快来，到这里来，这里才是真的……来这里呀……"亲爱的孩子，我多么为你感动，你的世界那么美好迷人，而我竟然有幸走过你的世界，我穿过你的世界回到了我的童年。亲爱的孩子你知道吗？我不是生来就成熟，我不是生来就是一个陌生的阿姨，我也曾像你一样，有过蝴蝶与蜜蜂的世界，有过纸上真实的世界……我想对你说：

　　亲爱的孩子，永远不要丢失你的世界，你现在所看到、所向往的最美的时刻，你要永远存放在心里，你要终生享用这一份独特的看见和相信，就像你相信你的蝴蝶在你的纸上是有生命的……

　　亲爱的孩子，永远不要终止发出纯真的声音，就是那些对花儿说的话、对蝴蝶说的话，让它们永远如此可爱地与你终生联结，保持在大自然里的快乐……

　　亲爱的孩子，你会像我一样长大，但我盼望你始终认识你自己，并且因为你是你而心安理得……因为我们每个人都不能做别人，而我们出生，就是因为每一个"我"都是未来所需要的。你知道吗？未来很需要、很需要你；你很重要，你非常的宝贵，你无可取代！

　　亲爱的孩子，无论将来你在哪里，那里都需要你，因为每个看到你、经过你身边的人都会因为你感到美好，都会像今天的我一样被你感动……

　　也许，那时你是一个点心师，你做的点心又香又健康，每天都有人在你的点心店外排队，人人都因为你做的点心觉得生活暖烘烘、香喷喷的，你会为我设计一款老人能吃的点心吗？我要去拜访你，那时我一定是个白发苍苍的老奶奶，我会提着一个有蝴蝶的小藤篮子，作为我们的暗号，好吗？

也许，那时你是一个警察，你被太阳晒得又黑又壮，但是很多人都认识你，因为你总是爱和人们说话，你的话语又幽默又聪明，人们都爱听，也都尊敬你，因为你保护了好多人……我希望我们那时也是朋友，我要天天都为你祈祷，希望你平安，能够保护更多的人……

也许，那时你是个画家，你画了好多"小人书"，就像我小时候看过的那些。你把好多可爱的、温馨的、心酸的、深刻的故事都画了出来，我和好多你的读者都酷爱阅读你的故事。你画的插画书，将祝福未来的思想……我要给你写信，告诉你我对你的插画书的感动，我还要谢谢你让我深思，也让我大笑……

也许，那时你是一个最棒的数学老师，我的孙子就在你的班级里，他虽然像我一样没法把数学学好，但是你却特别爱他，从不让他害怕……我会去学校感谢你，我希望你不要拒绝我带去的礼物，我要送你最纯的蜂蜜，因为你教育中流淌出来的爱就像蜜一样滋润了他的心……

也许，那时你是个伟大的建筑师，但是你却不住在都市里，你的作品也不在任何城市，你会使中国的农村变得优美而干净，因为你为所有农民的家做设计，中国的农村因你焕然一新，成为令世界惊诧的风景……

也许，那时你是空中小姐，你美丽勇敢又坚定，我真希望能够乘搭你所在的航班，我好想看到你工作时的美丽呀。我会向你要一杯又一杯的温水，我可会喝水了，你会不耐烦吗？你肯定不会，说不定你还会问我："老奶奶，您需要柠檬吗？"我会说："谢谢你，美丽的姑娘呀，我要三片柠檬。"这个就算作我们的暗号吧……

也许，你是个心理医生，你有善良、愿意聆听的耳朵，你还有像金子一样的语言，你的话能够点石为金，让很多人石头一样坚硬干枯的心变得柔软，让晦暗的人重新闪闪发光，你会成为很多很多人的祝福……

也许，你开了个小豆腐店，就在这个城市的某个地方，你的豆子又好又多，你做的豆腐十里飘香，人们一闻到你的豆腐香，就要开心微笑……我会去买你的豆腐，哎呀你的豆腐还有绿色的，你是放了豌豆粉吗？我就买绿色的吧。我还会向你要一点豆腐渣，你可以给我吗？你会问："老奶奶，你要这个干吗？"我就说："我用来做肥料，我种了好几棵昙花……"这就是我们的暗号，对吧？

也许，那时……

亲爱的孩子，我还能说出好多好多说不完的美好之事，都是未来所需要的，只要是你想要做的，那就是你会做得很成功的。你知道成功的意思吗？成功的意思就是，你做了一件你想做、自己开心也让别人开心的事，无论那是什么！无论那是什么，我都会为你开心、鼓掌，我都会想方设法支持你，为你加油，好吗？我真是迫不及待想要看到你未来的样子，想要为你的成功喝彩欢呼啊！孩子，我的心为你的未来激动、感动……未来，将因你的生命更美好，不是吗？

　　亲爱的孩子，一个多么需要你的未来在等着你啊……我知道，现在，你不是特别舒服；我知道，有时你觉得好累，但是，你一定要学会让自己的心能够飞到未来，在那里驻留片刻，带着盼望回到现在。坚持，坚持就是胜利！胜利，在未来等待着你喔！加油、加油、加油！我的孩子，我为你加油！好爱好爱好爱你，孩子，这个世界上有很多非常爱你的人，只是你还不认识。这个世界也有好多好多有趣有意义的事，等着你……我们未来见！

爱你的玛亚

"雾"里的教育

家里来了客人，晚上吃什么呢？客人带来的孩子一致要求："吃牛排。""吃牛扒。""牛扒和牛排有什么区别呀？"我问他们，一个小学男生，一个初中女生。

车子不够坐那么多人，我负责带两个孩子自行解决交通，这是我乐意的。"假如我们走到地铁站还没有遇到出租车，我们就坐地铁好不好？"孩子们说好。离地铁站还有十米，出租车出现了。

上了车，他俩还在讨论应该是"牛排"还是"牛扒"。我坐在前面，想着他们居住的城市，看着窗外就问他们："你们喜欢深圳吗？"他们支吾着不回答，我就问："那你们喜欢什么样的城市？"

以下是他们的回答。

"要有星巴克和必胜客。"

"要有很多高楼。"

"有一栋很高的楼就够了，比如玛丽莲·梦露大厦。"

"要有一个五星级酒店。"

"要有一个很好的西餐厅。"

"要有著名风景。"

"要有悠久的历史。"

"但不要是北京。"

"马路上要有很多名车。"

"最好有一个法拉利主题公园。"

"就这么多吗？没想过要跟什么样的人住在一个城市里？思想家？哲学家？作家？画家？比如雨果、凡·高。"

不吭声了。

"没想过城市里该有什么动物到处跑？比如松鼠、鸽子、梅花鹿……"

不吭声了。

如果他们的心都被短暂的享受占据，如果他们得不到清澈的教育，
他们未来的天空就无法蔚蓝清澈，而是一片雾霾。

"喜不喜欢巴黎呀？"我又问。

"喜欢。"

"我喜欢意大利。法拉利是意大利的。"

"巴黎可没有高楼，除了埃菲尔铁塔，巴黎人都爱住几百年的
老房子。意大利最有名的可不是法拉利哟，是达·芬奇。"

"几百年的房子还能住？"问我。

"是呀，因为他们盖每栋房子时都是很认真的。而且，我看不
懂法拉利。"

"那你喜欢什么车？"他们问我，他们最爱的话题还是车。

"马车，我希望有天驾着马车上班。"我认真回答，司机笑了，可是孩子们都不笑，严肃地告诉我："那不好控制，马车很难控制。"

"马是很乖的，拉马车的马会很听话。"我认真了。孩子不吭声，算是给我面子，我清楚地感受到他们对我的失望。

我们上面的天空、今天的颜色是从我们心里跑出来的。

未来天空的颜色，是从孩子的心里跑出来。

我决心好好请他们吃牛排和牛扒，再跟他们谈谈马车。

……

如果我们不把孩子带到森林里、河流边、青草地上，如果我们不教他们赏雪、听雨、看花，如果我们不把奇妙伟大的大自然带到他们的心里，如果他们心里没有可爱伟大的生命做榜样，而只是充斥着呼啸的名车……如果他们的心都被短暂的享受占据，如果他们得不到清澈的教育，他们未来的天空就无法蔚蓝清澈，而是一片雾霾。

可以不感恩的父母

Donna mom，我在 2010 年认识她，她出生于加拿大。当她还是孩童时，就失去了童贞，并且一直被性侵。伤害她的人，是她的亲生父亲。到她成为少女时，她终于不堪忍受，离家出走，在街上流浪，并生了一个女孩……这样的日子，直到她遇见了一对天使般的夫妻把她带回家后才结束。那对夫妻无缘无故的大爱，改变了她的身份；饶恕，更新了她的灵魂……去年，她亲口对我说："我仍旧找到了感恩父母的理由，他们给了我生命。"

现在，Donna 的别名是：爱的发动机。有她在，就有笑声，就有爱的拥抱……她的讲台，总是带来转化人心的启示。

可以不感恩的失去

Pastor Sun，我在 2011 年认识他，出生于台湾，美籍华人。他

感恩，就像一把坚固的锁，保守内心喜乐，因为没有什么能从一颗懂得感恩的心里把喜乐偷走。

曾经历过一段漫长的失业，跟太太孩子在别人借给他们的陋室里暂住着，恰逢他的太太也在那个时候检查出患有癌症……有一天，他们外出回到住处，发现家里被洗劫一空，唯一的旧电脑也被偷走了。就在那震惊的一刻，Pastor Sun 让妻子儿女们围成一圈，手拉手说道："亲爱的上帝，感谢你，让我们家还有东西可以被偷……"

今天，他的妻子早已痊愈，儿女都接受了最好的教育，他们住在一个有花园的房子里，他自己仍旧如少年一般活泼，满脸阳光，就像从未经历过困苦一样，机智幽默。

可以不感恩的相貌

Peter K，2014 年我在美国宾州认识他，越南出生的华人，因为战争，他的脸部和颈部严重烧伤，经历过多次手术，仍旧面目全非，当时村里的人用来吓唬不乖小孩的招数就是提及他的名字……他却说："我感恩我遭遇的灾祸，使我有不同一般的生命，经历了无数的神迹奇事，拥有充满了恩典的人生……"因为烧毁的相貌，他专心学习，有三国语言的翻译能力，也因此脱离了越南当时的暴政，拥有了去美国的机会；他的妻子难产去世后，他祈祷自己可以专心抚养孩子长大，因为烧毁的相貌，也无人来打扰……每个孩子都被教育得美好。

如今，Peter K 的儿女都已成人，他也再婚，妻子贤德并且爱他。他已退休，安享晚年，还出版了自己一生的传奇故事，激励了无数样貌健美却并不快乐的人们。Peter K，是我见过的衣着体面、合宜的男士之一，他目光清澈，礼仪周到，谈吐举止都很绅士，与他相处，很快就让人忘记了他的伤痕，因为他的性情和心理十分健康单纯……前年他和太太特地来深圳探望我，丝毫未见老。

可以不感恩的亏损

我的母亲，因为先天性心脏病，医生曾叮嘱她不能结婚生孩子。她可以不生我，但她勇敢地生了我……当我慢慢长大时，医生催促她动手术，争取多活些时日，而她一直耽延，理由就是担心手术失败，使我未成年就失去母亲……终于，她在我 19 岁时进了手术室，手术成功了，可是医生说："手术得太迟了，最多还能活十年。"她活了十一年。临终前几天，她满脸欣慰地对我说："我真感谢我自己，生了你，你看，多好，现在爸爸还有你。"她笑得那么得意，仿佛不明白假如她不为我付出那些耽延的日子该多好……

如今，我活在"你看，多好"的生命里，感恩我有这样的父母，感恩勇敢孕育我生命的母亲。

好处，总是明显的、容易筹划的；恩典，却是隐匿的、深刻的、不易体察的；然而，恩典才是真正有益于人的，它需要感恩的心去感悟、领受。

感恩，就像一把坚固的锁，保守内心喜乐，因为没有什么能从一颗懂得感恩的心里把喜乐偷走；

感恩，就像奇异的清洁剂，能除净心中的怨怼、仇恨，因为没有什么遭遇可以击垮一个懂得感恩的人，感恩会使他把过去看成未来的祝福；

感恩，就像一件魔术的风雨衣，能为人遮挡岁月里的狂风暴雨，存留生命的暖意……

感恩，可以使平凡的人显得那么尚洁、脱俗、高大……感恩，还能让残缺化作神奇；

唯有感恩，为人类带来迷人震撼的生命启示——恩上加恩……当你在感恩，其实就已宣告自己站在了恩典之中。

喝一杯

五十年前的下午茶

生活值得一读再读

一根落发，大约中长发的长度，弓在《十一月的此刻》封面上。头发乌黑，很壮实，似乎有一种还可以继续生长的可能，是哪个爱读书的女孩掉落的呢……我的心，突然被重逢的感动充盈……你好，书店……有多久没遇到这么多可以翻阅的书了，有多久没遇到真正的书店了……在金陵的秋天，在十一月的此刻，我身处的这个书店把我带到生命中最熟悉的气息里。

小时候，因母亲的心脏病，带我逛街的事大多由父亲完成，母亲只在选购衣料或买新衣服时会与我们同行，那真是家里的大日子，因为母亲出门了。

父亲带我逛街，有三个核心内容：新华书店，唱片公司，老点心铺。后来这就变成了我的一个习惯：无论到哪个城市，都把当地的新华书店当成必去景点，只要去过了那个城市的新华书店，我就感到自己又踏在正确的轨道上了。我不喜欢迷失，不论环境多么陌

如今不论去哪个国家，我都会去逛当地的书店，尤其是有历史的老书店。我也喜欢在书店里买礼物、买CD、吃没有防腐剂的点心……因为我曾经是一个幸福的小女孩，因为我的父亲曾经给予了我这一切。

生、困难或者繁华、迷惑，我都不喜欢迷失。直到本世纪初，逛新华书店的习惯才从我的生活中消失。

记得厦门的新华书店原本和一个百货公司挨得挺近。我至今还保留着两块棉布，就是在那间百货公司二楼买的，一块是蓝白相间宽条纹，另一块是圣诞红的底色上有许多小袜子和小糖棒，各三米。前者如今铺在白色小冰箱上，后者还在箱底。那些年我并不穿红色，但那块圣诞红的棉布很幸福，我就把那幸福的感觉带回家了……这都是逛新华书店的副产品。那时，身边既没有父亲也没有母亲，我已长大成女青年，可以自己去新华书店买书和音乐磁带，也可以自己买面料了，但我仍旧像身边有父母那样生活、逛街。对我来说，逛街就是去找新华书店，然后再去书店周边逛逛，找些当地的老点心吃吃。是的，就是这样。

母亲虽然很难出门，但总喜欢在暑假时安排我去别的城市。读万卷书，行万里路，是母亲给我的训言，京广线的起点和终点是我跑得最多的地方。我在广州的新华书店对面买过一条奶油黄的棉纱半裙，当时广州姨婆的女儿陪着我，不过，她没有称许我买的裙子。后来我又买了一件松松软软的一字领黄白相间的条纹恤衫，是走私货，那时香港还没回归，姨婆的女儿也没有给我什么支持的话语。裙子和恤衫都以某种坦然的幸福吸引着我，我就壮着胆子买了。她默默地看着我付钱，因为我完全没有征求她的意见，虽然心里麻麻怯怯的，但感恩谨言的家风没有发生不请自来的意见，可以允我把幸福带回家……直到我买了一打草编的茶杯垫，姨婆的女儿立刻夸了我：很顾家。姨婆的女儿晚婚，但嫁得很稳当，丈夫是个有络腮胡子的桥梁设计师。她有女儿以后，我曾去过她在越秀路的家，她的女儿很皮，但她很有耐心，我看到她家的茶杯垫也是草编的，心就一软。

自己在广州生活的那些年，逛的都是小书店。那些书店真的很小，受面积限制，布局雷同。进门一两步就触碰到书店中心的大台桌，上面密密麻麻摆满了书，新书、畅销书、店主推荐的书一般都在桌子上，人绕着桌子挑书。看完、选完，又挨着几面墙寻觅一番。

书店虽小，好书却多，这么逛过三四家小书店后，腰痛脖子酸，就得找个地方喝茶吃点心了。那时，怀里抱着一叠书会女友是我生活中感到非常幸福的事……有个感情很深的女友，我们在挚交之先曾三次相遇于某个小书店，书店小得连名字都没有，也许，某种不言而喻的契合只会从那样的书店散发出来吧。

如今，迷人的小书店大多被宽敞并且飘着意大利肉酱面香味的书店取代了……上个月带设计师们去广州看展览，顺便去了一家知名书店，发现里面百分之九十五的书都是塑封的，不能打开品阅……我于是很后悔回程车票订得太晚了，原本是想好好逛一次书店。当书店不能让你看书，那应该就不是书店了。

如今不论去哪个国家，我都会去逛当地的书店，尤其是有历史的老书店。我也喜欢在书店里买礼物、买 CD、吃没有防腐剂的点心……因为我曾经是一个幸福的小女孩，因为我的父亲曾经给予了我这一切，即使他工作很忙，还要照顾病妻，但他从未克扣过该给我的温暖和娱乐。而我的母亲，即使她虚弱得足不出户，却期待我能够走遍万水千山，知书达理，过她不能拥有的生活……这是我爱逛书店的原因，我拥有的爱，值得一再重温。

那白忙中抽空的一笑

　　年轻的时候，影视圈中的名人传记很少，记忆中只有两本：山口百惠的《苍茫时分》和索菲亚·罗兰的自传。

　　索菲亚·罗兰的自传只写到自己五十岁，结论就是："我五十岁了吗？这是一个误会。"山口百惠的传记写到她嫁人就截止了。记得她的人生理想就是能够在丈夫每天下班进门时能够温柔地迎接："你辛苦了……"当时，许多男生撕心裂肺地说："世上为何要有三浦友和啊？！"那意思是有两层的：外面这层意思是，假如没有三浦友和，山口百惠就不会隐退了；里面那层意思是，如果自己能遇上山口百惠该多好啊……

　　那时我还在青春期，把两本传记看得很认真，仍旧记得山口百惠说，每当穿黑色，就觉得自己能变得更端庄……所以我总爱想象山口百惠在家会穿什么颜色，会穿什么颜色去迎接她的丈夫，那个被许多中国男生羡慕的三浦友和。

当索菲亚·罗兰所说的"像一个误会的年龄"渐渐来到，我突然发现自己常常经历山口百惠向往的日子，让家里每天有一句："你辛苦了……"只是，这句话不是由我说，而是由自己的先生或者父亲说。我几乎总是比他们晚归，只要按响门铃，父亲或先生总会到门口，满脸笑容地接过我的拎包，有时还有环保袋，说："你辛苦了……"他俩穿得灰灰蓝蓝的，然后陪我吃很晚的晚餐，分享各自的当日要闻和工作趣事。

有一天，我回得很迟，心里抱歉，边吃边问他俩看过山口百惠的传记吗？他俩茫然地说没有，还问："她怎么了，出书了？""她不是在家吗？"我差点被呛到，说："没事，她好好的还在她家。"先生幽默地说："谢谢夫人百忙中抽空笑了……""我最近没笑吗？""嗯……你最近常常处于自我快乐当中。"父亲默契地、认同地、支持地笑了，这回老人家真呛到了……因我曾经告诉家人，当我默然的时候，没发生什么事，我只是在工作、在思想，我其实很快乐。

我无语地加入了他俩的笑，三个人笑着吃完和平时一样很舒心的晚餐。他们从不抱怨等我太久，尽管有时我会记得打电话要他们先吃，他们也答应，但是回来总是发现他们还是在等我，答应不等我只是为了让我安心……我看着他俩在厨房收拾、有说有笑的背影，讨论厨艺和新菜并非只是他俩的兴趣爱好，更多是为了让我胃口好。我想我要不要告诉他俩，山口百惠每天都在家门口迎接三浦友和，并且说："你辛苦了……"他俩和我一样工作，父亲是自己找工作做，活跃得很。

终于，在连续地晚归、连续几晚没有一起晚餐之后，我今天发信息问先生："你欣赏山口百惠那样的人生吗？"然后等待他的回答。闪电般，丈夫回答了四个字，简洁得连标点符号都没有——"不敢恭维"。我回了一个米菲兔的吃惊表情给他。他接着发话过来："佩服她为了婚姻的选择，但是感觉她浪费了她的天赋才华。"为了内心的歉意，我更彻底地问他："要是我那样，你喜欢吗？"他答："如果你真的那样选择，我支持，但是会遗憾。不过即便那样，你也会很有情趣。""我真幸运。"我安心地感激先生。先生幽默地"戴着墨镜"回答："不要和我比幸运，我是超级无敌的。"

我一直喜欢山口百惠，现在依然。我相信家居生活就是她的工作，是她能释放出爱的地方，而且她是如此能坚持。我能够工作，能够坚持，也是为了爱。不过，也许我应该边忙边笑，以至于像是快乐得抽空工作一下……

赶了一个叫520的时髦

　　五月初，我在小学同学群里看到班主任说这个月男人真忙，要为母亲过节、20号要为太太过节、端午节还要去给岳母过节。我翻翻日历，没看到20号有节日标注，就忍不住问班主任："老师，20号是什么节？"脑海里闪过老师的象牙白凉鞋，上面有麦穗的纹理，像浮雕一样……当年她是那么年轻漂亮，如今已经退休做奶奶了。她的凉鞋曾和黑板平分了我的注意力……

　　网络语言的发达，使得我常常要请儿子和先生做翻译。先生评价我对网络语言的迟钝——"你的反应弧跟银河系一样长。"我不知道这句话是网络语言还是爱因斯坦的话，希望是后者。我叫先生理科生。

　　于是，我就这样被班主任影响了——"明天是20号，我们要不要过呀？"我问理科生。他坚决地说："要过。"计划是：清晨一起散步，然后我有几小时的独处，全家一起午餐，然后他午睡，我自己看一部电影，他说三点半起来带我出去下午茶，然后直接去礼拜。其实，跟平时周六并无太大不同，就因为有个充斥于耳的520在那里，就会有些期待，被强迫地期待。

我歪在沙发上，选了部英国片，影片一开始，就发现自己又选了少年题材的电影，上周末我看了一部青春题材的美国片。我曾想和理科生探讨我的心理问题："我觉得自己挺爱看少年题材的片子，而且看的时候特别地投入，你说，我是不是有什么青春期的问题还没解决呢？怎么会爱看这个年龄层的电影……""爱看就多搜些来看啊，你就是少女心态，没什么问题。"理科生总是大刀阔斧地解散了我的研究课题，有时我都不知道是陷入继续深沉的挖掘好呢，还是接受他的影响力好，要是我也变得和他一样神经粗壮起来，不知会是怎样的局面……

影片结束时已过三点了，我去更衣，一边回忆着结束在战火中

家，是可以犯错的地方，所以才幸福；家，是一个犯了错还会
被爱的地方，一个应该天天活在节日里的地方。

的影片。当我收拾好惆怅和出门形象，过三点半了。午睡的那位还
毫无动静，我心里有丝反感，不过一想到赖床的惬意，又平衡了……
自己还有几件必须完成的事，就坐到书桌前，放出音乐，拿出带回
来的设计稿，照着样布认真修改……

五点一刻，理科生冲进房间，慌慌张张地说："对不起，我睡
过头了。"我正沉浸在完成工作的满足感里，但又不想浪费了他的
抱歉，就严肃地说："说明你不重视。""怎么会呢？是我把闹钟
调到半夜三点半了。""啊？！你是理科生，没资格犯这样的错呀，
你故意的。"他不推卸狡辩，也不怪我没叫醒他，我在心里默默纪
念他的担当。其实，我根本没想赶 520 这个时髦。

带上 Mr.Darcy，我们剩下的时间刚够去送 Darcy 洗澡，再买两

杯果汁，然后就得去礼拜了……宠物店不远处，有间设计师的家具工作室开张，走进去就看中一张长凳。核桃木，凳面竟然模塑成拉钉扣的软沙发模样，好坚强的柔软啊。我一直想买床尾凳，但是遇见的都有点矫情，我觉得这张长凳可以用来摆在床尾，像我的床尾凳……"你要不要送我礼物啊？"我笑眯眯地问理科生。他立刻说："要！"虽然理科生觉得凳子太贵了，但还是在讲价未遂的情况下愉快地买了单，有点倾国倾城的感受了……只用二十分钟，我过完了节，收了节日礼物。上车后，他重新变得理直气壮起来，很有成就感地问我："开心吗？"我忍住笑说："很开心。"让丈夫有成就感，是做妻子的成就。

礼拜结束回家路上，理科生把车停在海滨公园，带着我和Darcy沿着海边散步，Darcy非常开心和听话。晚风习习，海那边的山型很美，我心里想自己每天从这里经过，却没有停下来漫步过……理科生海誓山盟地说："我们下周还来这里。"

回到家，我把家具店送的手工插笔座给儿子当礼物，上面写着"my sun:520.m~"儿子刹那惊喜后说："妈，你把儿子写成太阳了。"我淡定地说："那你帮妈妈改一下。"心里笑着对自己说——这难道是文科生可以犯的错吗？

家，是可以犯错的地方，所以才幸福；家，是一个犯了错还会被爱的地方，一个应该天天活在节日里的地方。

You are my brother

夜色，将黑。我往地铁站走去，这一站，叫登良。还差百米，歌声，和着吉他迎过来……右手，下意识地已经伸进拎包里。

登良的地铁口，六点四十分，一个瘦小的青年，站在灌木丛前，望着无星的夜空……他的歌声，不像是从他的身体里发出来的，如果看不到他，会以为是一个更魁梧、更有力的男人唱出来的，然而，谁能说他不高大、谁能说他不男人呢？

——"夜幕里我收起了所有的创痛，我的南方我的北方，我的远方啊……"

蹲下……起来时视线刚好落在他脸上，他的目光穿过他面前的过客，深幽如夜。他的脸平凡而又动人，年轻并且坚毅，是一张为理想失眠的脸，有些苍白，也是一张生命旺盛的脸，目光高远。我想站在那里听他唱，但是他也许更需要我做一个过客，像许多人那样匆匆走过，他并不要你为他驻留，因为他不像一个寻找观众的歌

手，他在寻找他自己。这样的音乐人，不多，一眼就能分辨出来。

站起来走了，几步到了地铁口，里面的灯光明晃晃地裹住了我，心房里一阵刺痛，眼泪顷刻涌出来……我停在那里，看着陡峭的楼梯，心里挣扎着："我应该给他写张纸条……"楼梯的那一端，出站的人潮正升上来，歌声在脊椎上牵引着我……终于，我举步前行，默默地，我对身后的歌手说："Bless you，my brother！我相信你是被看顾的，我相信你的前途一片光明，我相信今天的创痛是你未来的资财，我相信你将成为有担当的丈夫、父亲，我相信你会使这世界多出一个美好的、勇敢的男人，因为你勇于在过客的面前真情流露，因为你敢于站在狭窄的位置上仰望无垠的高天……我相信你会活出你的使命。Bless you，my brother！"

我在明亮的通道里，为这世界里成长起来的年轻人流泪。世界，你将如何对待他们；世界，你将如何塑造他们。他们如此渴慕远方，一个爱他们、接纳他们、祝福他们的远方。

一年前，我和先生、儿子在一家米粉店，听到邻桌四个年轻人激烈的争论，看起来像快毕业的大学生，内容是关于其中一个年轻人要不要和某个女同学确定关系。那位年轻人说那位女同学整天都在朋友圈展示她的美丽，让他反感。当时年轻人的一句话吸引了我的注意力："美貌是父母给的，不该炫耀，应该分享产生于自己的东西……"然而，他的同伴对于他的论点不以为然，并列举世界潮流和文化现象，但那位青年人心意坚定地表示，他不会对她作出选择……我和先生对视了好几次，食毕，我拿出笔记本和笔，给那位青年写了一页的纸条，写好给先生看过。他说："写得很好，你去给他吧。"然后我们结账，我走到那位青年人身边说："不好意思，刚才我们听到你们所说的了，我很欣赏你，有一些话给你，你愿意看看吗？"年轻人虽有些吃惊，却十分礼貌地对我说："谢谢你，我愿意看。"我们笑着道了再见，从此没有再见。记得儿子当时曾问过我："妈，你有留你的地址吗？"我说没有，我只署名"一个祝福你的人"。儿子说："你应该留的，万一他想继续寻找答案呢？"我相信，他会找到，因为，寻求的，必寻见。

我在登良的站台上，看见我等的车来了，我收起了自己的记忆，那里有我遇见过的许多年轻人，他们总是感动我，让我深深地祝福：Bless you，my brother……Bless you，my brother！

冒犯因为手指

在美甲店的旁边，不知什么时候诞生了一个规模迷你的超市，里面只有为数不多的几捆蔬菜、切好的排骨和海鱼，看上去都很干净，我喜欢这种没有太多选择的感觉。如果把我家冰箱里的东西铺开来，一定会比它们还多，因为父亲喜欢和阿姨比赛谁采购得更好。

我站在几条海鱼面前，问："泥鳅只有一条了吗？"店员迟疑了一下说："那是小鲳鱼。"看来，我还是没记住泥鳅的长相。

不久前我请公司的首席模特 Lisa 和两个 1978 年出生的女孩到家里吃饭，用一锅鸡汤、两条泥鳅和各式蔬菜招待了她们。鱼汤极其鲜美，以至于我说漏了嘴："没想到泥鳅这么美味……"她们都吃惊地说："你竟然是第一次做泥鳅？"我镇定地点点头，不敢说冒险加创意最能体现我的烹饪风格，如果这样说了，真担心还有没有人敢来吃饭。人们都爱做招牌菜前的贵宾，大概没有人愿意做厨师的小白鼠。

我怀着不舍的心情离开了迷你超市，不舍来自某种对美甲的忐忑与矛盾交织的心情，迷你超市是我延迟走进美甲店的下意识行为……

我曾经很被电影里那些正在美甲的女士们迷惑，她们不仅享受其中，而且还能大无畏地谈笑风生，好像她们的手能摆脱十指连心的命运，我曾猜测是否她们被注射了轻微的麻药……在美甲的时候，我总是担心受伤，尤其她们在去死皮的时候，用一个锋利厚重如老虎钳一样的小工具，飞快地在我的指甲四周耕耘。她们到底如何把握死去的皮与活着的肌肤之间的区别呢？我总是忍不住说："轻点。"所以去美甲我都会带一本书当我的麻醉药，使我的精神聚焦在别处。当然，没有书我也不会观看美甲过程，真相使人更紧张，舞刀弄枪易让人产生血腥联想。我感恩做菜时总有人愿意帮我切肉杀鱼，我自己则喜欢用一把白底蓝花的陶瓷菜刀切豆腐、茭瓜和扁豆。发明这把蓝白小碎花陶瓷刀的人应该得诺贝尔和平奖，因为它让我记住了花儿忘记了刀。

美甲店里有两个小姑娘，一个秀气温和，一个果决干脆。秀气温和的姑娘正吃饭，端着饭盒上楼去了；果决的小姑娘拿起计算机问我："你要做什么？"我不是很肯定地说："我的手，好像……我还有卡在这里……"她查了我的号码，发现我竟是她们的老顾客，只是因为来得太少，每次都要重新认识一下："哦对，我想起来了……"我也想起来了，她们每次都会说这句话，但这次我觉得她是真的想起来了，因为她不再热烈地建议我涂指甲油。从前每次都把我逼得要把丈夫搬出来，告知她们有那么一个男人不喜欢我涂指甲油，她们才作罢。当然，那不是借口，是事实，只是，我的措辞让她们隐约感到我的丈夫大男子主义到没有商量余地，好让她们的热情得到体面的冷却。这时候，我会再次感恩有丈夫真好，何况还是一个并不会对我大男子主义的丈夫，在许多看不见的战线里为我挺身而出。

我把书摊开，放在膝盖上的靠枕上，左手浸泡在温水里，右手在果决姑娘的手中。她往我指甲周围涂了一层东西，我问："这是什么？"她说："去死皮用的。"我知道，那把老虎钳马上就要出现了，我提前说了一句："要轻一点。"

我觉得美甲店的小姑娘其实很适合做外科医生，她下剪很快，先压后剪，越干越欢，我还没有沉浸到阅读里，她已经沉浸在我的十指中。我换位思考了一下，如果我坐在她的位置上，我最担心的就是怕弄痛别人，最怕的就是剪出血来……然而，她的每个动作都非常的肯定，传递出我的手必须被如此那般地修剪才对的信心。由于她的信心，我终于沉浸到我的书里去了，直到她的双手里换成我的左手了。我的左胳膊只好越过我的书，斜放在她面前，而我的右手完全闲着。我很想建议她坐到我的左边来，但左边有一盏落地灯，可能挪移起来有点麻烦，我就忍住了，别扭地读着用自己的左胳膊画了一条斜线的书面，还好有右手帮忙。想想尼克·胡哲，我还有什么可挑剔的呢？我差不多已经像电影里享受美甲的女士们了，虽然没有跟我眉飞色舞聊天的女伴，但我已经数次因书中的内心旁白

笑出了声。果决的姑娘丝毫不受我的影响，仍在小小的"手术台"上酣畅淋漓地工作……突然我在一阵"嚓嚓嚓"的摩擦声中感到手指热得快要起火了，果决的小姑娘正在抛光我的食指指甲，由于她的抛光器太宽，我指甲周围的皮肤也顺势进入了服务……我的手往后退缩了一点，她才意识到了自己的忘情投入，我很感动有人这么热爱这不断重复的动作，只要注意不引起火灾就好。

我端详着双手，说："你做得真好。"果决的小姑娘开心地笑了，和我愉快地告别。我和冒着青烟的十根指头回到家里，想着得看一下手机了，才想起自己去美甲店的原因，就是当时不想去找手机了。虽然是在家里，我也总是被手机里的人和事追赶着，从这个房间到那个房间，答复着手机里的事，每件事的背后都有一个 big day，像越来越近的镜头那样推过来……终于，我在洗手间外面的五斗柜上找到了手机，放在比视线高的地方时，会比较难发现。打开手机，我冒烟的十指再次投入到火热的工作中。

我终于知道自己和电影里美甲的女士们区别何在了，美甲店是我偶尔延迟工作的所在，而美甲则是她们的生活。

穿过一间书店的我们的工作和生死

第一幕

在 maia's，有些累人的活儿，反而引人入胜，叫人争先恐后。

下班时间已过的昨天，我说："你们怎么还不回家？"无人回应。Jane 还在那里"弹钢琴"——她打字时一贯如此，面带微笑，随着字句摇头晃脑……视觉部和设计部的年轻人在确认次日的拍摄细节……

经理走过去对年轻人说："明天谁送你们过去呀？"

"欢总。"除了我，maia's 五年以上工龄的同事都有了被称为某总的资格。

"那你们拍摄时他干吗呀？"经理引导着年轻人。

"我们准备给他找间咖啡馆，他在那里等着。"年轻人什么都好，就是听不懂弦外之音。

"那 Lisa 在哪里换衣服呀？"还不明白吗？我都笑了。

"在欢总车里。"纯洁的设计师说。

"你们不觉得不方便吗？"我深深叹息着，仍未能产生提示效果。

"没事，我们也可以带上折叠试衣间。"纯洁的摄影师啊。

"唉，你们看是不是应该我送你们去才对呀？"经理终于忍无可忍。

俩年轻人愣了，构思与现实的冲突带来了反应的卡壳……

"你们还没意会到呀，经理第一句话意思就很明显了。"我毫不含蓄地点题，因为我自己也被经理的热心引发出对拍摄地的好奇……得知答案后，就直白地说："你们要是想喝咖啡，带上我恐怕会喝得更好呢。"

于是，在肉体疲惫的、决心次日要好好休息一下的傍晚，我和经理竟然都英勇地报名参加拍摄。那位还未接到通知的欢总，已经无辜地出局了。

第二幕

在东西难辨的十字路口，我把车门一打开，就看到了甜蜜蜜的菲秘，她透过滴滴订车精准地掌握我的行踪，当然，由于订车的人总是站在目的地，不免使司机迷惑。

"他们在哪里？"

"邮筒那里。"

"很好，就在那里下午茶。"

"后来那个书店老板呢……"我没有告诉他们答案近在咫尺，我们不应该打扰一个正好好生活的男人。结局美好，是我们所喜欢的故事风格，所以，我们所讲述的故事，结局早已写好。

"才拍到第二套，还不能喝。"

"怎么啦？"

"走到半路，才想起忘了拿琴……"

"噢……"我暗自高兴，因为放不下正读的那一章书，我晚到了一小时。

走到邮筒边，看到 Lisa 正和邮筒磨合着，寻找彼此和谐的角度……

"可以真的寄封信呀。"我提醒着。只有往邮筒里塞过情书的人，才想得起邮筒不是街景中的古董。

于是走进书店想买张明信片，发现有张卡片上写着："You worked hard you deserve it."上面画着一个衣冠楚楚的绅士在单车上快乐地玩高难度杂耍动作。我笑了，想起摄影师在申请加班的表格里填写的加班理由："我痴迷工作"，以及随后几位年轻人填写的申请加班理由："我酷爱工作""我离不开工作"……卡片的封套很像一封信，就买下递给 Lisa。这下，她和邮筒之间的关系马上就处理好了。等年轻而又痴迷工作的人生日时，卡片还能一用。

"把信封拿出来一点……"摄影师说，"再放进去一点……"

"你说 Lisa 会不会真的把卡片塞进邮筒？"我压低声音问。

"她会，如果你不嘱咐她。"菲秘说。

没错，Lisa 就是那么真实，她一穿上新裙子就感到幸福，而幸福总是使她犯糊涂。

第三幕

在咖啡馆和茶室林立的园区，年轻人很快以"环境"为关键词搜到了排名第一的咖啡馆，我还没进去就万分后悔自己那么民主地宣布："由你们选，选你们所爱的地方。"

没有过渡的门厅，一进去就是待客之处，白色的单薄的椅子，桌上满是一次性的高大纸杯，电子的餐单显示屏……一个没有灵魂的咖啡馆。

我不顾诚信地说："我们还是去那家书店吧。"虽然有些心虚，但仍旧决定不能为了好名声做错误的选择。

在路上时，我描述了关于那家书店的起初，曾是媒体人、音乐人、文艺青年，曾经狭小、清寒，书架上从没摆满过书籍，另加些自制的 CD，与卖银饰的女生共同合租的小书店……书店老板是位摇滚青年，不过一点也不耍酷，五官端正衣服干净，很像能好好生活的男人。我曾跟他打听过一张音乐碟片，他没有，但耐烦地介绍了另外两张类似的音乐给我。那时我总是在他店里买书，哪怕是可有可无的书，我也买几本，虽然我是当当钻石会员，但我希望他摇摇欲坠的小书店能够一直生存下去，那里总让当时还在媒体的我忘记喘不过气来的节奏和无奈……现在，真高兴书店变得这么大了，而且还保持了当年那种有点没章法的摆放风格，能够让我确信摇滚青年他还活着……不同的是，如今书店里到处都塞满了书，多到也让我担心：是不是没人买书啊。于是，趁着 Lisa 去经理车上换衣服的时间，已选了一堆书放在收银台了。跟以前一样，买多少书也没有折扣，我喜欢这样干脆的买与卖，干净利落，让双方都不患得患失。摄影师递给我三本二手英语图文书，估计是附近的外籍人士带到中国来的，都入选了：《温暖的编织》《英国战争》《一个美国传奇：古董枪支收藏》（送家里理科生的）……

再次经过邮筒，再次进了书店，带着年轻人往里面走，那里有很好的座位，还有用各色粉笔写在黑板上的餐单，不穿制服的服务生，不成套的老木头椅子和沙发，各种形状的、好像从屋子的地里长出来一样的桌子，刚好符合空间里不同角落的尺寸需要，咖啡间外面玻璃房里的花草看起来野生得毫无修剪，但没有蚊虫，也不潮湿，活得十分尽性，我们选择坐那儿了。放眼望去，到处有细节，到处有时光斑斓的痕迹……店里那只短腿的狗，有种对人类厌倦的气质，无论摄影师怎么呼唤，都漠然地就是不过来。很好，我心里想，证明书店人满为患，它也过得心满意足别无所求。不知年轻人有没有看到玻璃房门口有一位在单人沙发上打瞌睡的中年男人，满脸胡子，我们进进出出，端奶茶、咖啡、果汁，添蛋糕，一点也不能打扰到他，想必是老顾客吧，不然怎么放松到当众酣睡，我真希望年轻人好好体会这有气息的书店……

我们喝着混搭风格的下午茶，一问一答地聊着书、人、神，直到天光渐暗……突然，单人沙发上的"老顾客"醒了，像个巨人一样站起来，走进玻璃房，在我们对面墙根下的长凳上坐下。一个阿姨拿了许多饭菜进来，他准备吃饭了。我想他应该就是……天哪！那不就是原来那个小书店的摇滚青年吗？我从他胖了不少的身形里，依稀认出了那不矜夸的气质。他的员工三三两两也加入了晚餐，我听到他说："你们要不要狗呀？小黄又生了……"他一边夹菜一边说，好像书店只是他家饭厅。"谁家的小黄？"有员工打听。"不是谁家的，就是路上那只小黄，又生了……"我移开了目光，微笑着看自己身边的年轻人，想起他们问我："后来那个书店老板呢……"我没有告诉他们答案近在咫尺，我们不应该打扰一个正好好生活的男人。结局美好，是我们所喜欢的故事风格，所以，我们所讲述的故事，结局早已写好。

尾声

家里的理科生下班了，过来接我回家。摄影师说："你说他会点什么喝？"我说："芒果奶昔。"摄影师说："我觉得他会点草莓冰沙。"结果，他点的是奇异果果汁。我和摄影师交换了一下眼神，表示我们是平局。

我向经理提出这日最后一个疑问："为什么你这么想送他们来这里拍照？"

经理说："欢总还有很多事，让他来太耽误事了。"

原来这么不浪漫，真是好经理。

那我，为什么要来？是的，当我探访昨日的生活，就看到了我今日的人生。

我那美妙的邻居

马友友的大提琴，是我房间里的声音，有几年时间了，常常，它们如痴如醉地使我的房间变得陌生起来，就好像我是住在大提琴声里的人，突然掉落在一个房间里了……然而，假如那时刚好是下午五点左右，就会有另一些声音使我回到房间主人的身份里，那就是窗外的鸟鸣声。我注意到它们也有好几年了，我在声音里结识了它们，虽然只有几只鸟拜访过我的阳台，但是我对它们的声音已十分熟悉。其中有三只鸟特别乐于分享，擅长热烈的交谈，好像发生了什么不可思议的美事。其他的鸟则时不时插上几句，有一只音域很广，会隔一阵发表一个长句。还有些幼鸟，踩不到节奏，"啾啾啾"卖力鸣叫。有一只话最少，却十分动听，声音浑圆，平仄有致，句式很短，但只要它出现就会从所有声音中凸显出来，悠扬美妙。

这群鸟都住在我窗外那棵高高的小叶榕树里，这棵小叶榕东边、北边的枝干稀少短缺，唯独我家阳台外边的枝繁叶茂。并非这棵树故意眷顾我，而是因为我接纳它们自由地在我的窗外生长……夏季来临时，管理处又来砍树枝，理由就是有邻居投诉它们滋长蚊子，邻居要求把自己窗外的树枝砍掉，其他邻居听说树会养出蚊子来也同意砍伐。不是那种不着痕迹的修剪，而是毫无设计感的一刀切……我怒过，心里呐喊着玛格丽特·杜拉斯写过的一句话："砍树就是杀人。"我能做的就是和先生一起非常正式地去告诉管理处：请不要砍掉我家阳台外的树枝，我们需要它。

风雨阴晴，每当我托着一杯茶倚在阳台门框上，静静地凝视着碧油油的树梢时，它们总是优美地在空中摇出厚重的抛物线，向我一次一次探过来，好几回，我们几乎可以深情地握手……榕树枝慷慨地在我眼前舞蹈，仿佛认出我是唯一欢迎它们的那位……我尤其喜欢在雨天默默地站在阳台上，看它们生长，我分明是看到它们生长了……丰满的树冠，向着空中，一股一股地往上冒，就像开水中

翻滚着的水花儿。在炎热的夏季，它们也从不萎靡，保持着茂盛的精力。有时，家里来了客人，或站在客厅里，或坐下享用下午茶，都会欣赏到窗外这片葱茏，赞叹说："你们窗外的风景好美啊……"那一刻，我百感交集地笑着点点头，那是丝毫也得意不起来的笑。我多么希望我邻居们的客人也能在他们的客厅里发出这样的赞叹啊。我邻居们的客人在他们的客厅里落座之后，应该也会向阳台和窗外望一望吧，那时，他们会说什么呢？他们能说什么呢？他们当然会看到窗外树干上白晃晃的刀疤，他们会就此讨论吗？有人会劝阻他们来年别这么干了吗？看来，没有。他们在谈些什么呢？我忧伤地想。

我从来没有经历过因为树枝繁密带来的蚊虫困扰，当然，总会有几只蚊子和我们一起度过夏天，但我不认为蚊子喜欢住在五层楼高的树枝上，那明明是小鸟们的家，这可是一群非凡的小鸟。在天黑前，它们会完全安静下来，从不打扰夜晚的安宁，到次日晨光初现，大概四点多时，它们才再次发出合唱的声音。

在今年那次著名的"山竹"台风天里，我和先生一边用保鲜膜贴窗玻璃，一边想，小鸟们将去哪里躲避呢？想象力让我看到它们瑟瑟发抖的样子……台风过后，我在清晨便听到了它们按时的鸣叫……一只也没少，激情奔放，欢欣鼓舞，仿佛在歌颂太阳照常升起，没有一丝经历过台风的哀怨。我躺在床上，热泪盈眶……你好，生命！早安，小鸟！多么纯粹的生命啊，毫无抱怨、满心欢喜地迎接风雨之后的清晨。谁在看顾它们呢？谁赐它们生命的喜乐呢？灾难，竟然使它们的鸣叫更为动人，句句声声都充满了对生命的感恩……我禁不住打开窗，紧紧地抱住了它们的声音，我庆幸自己住在这间房里，并结识了住在树梢里的美妙邻居。

喝一杯玉+气茶的下午茶

春节前的最后一个例会，改到下午两点半。一切照旧，虽然人比平时少了四位，议题、气氛都一如往昔。

"今天我们喝野生红茶。"我说，并告诉姑娘们红茶是我的小学同学美玲寄来的。

"哇！""耶！"……

姑娘们的反应总是这么欢欣鼓舞。有反应，来自她们的纯真和感恩习惯，无论什么先感恩欢喜……她们的心，没一颗是冷的。

"今天我们吃野生泡芙。"在厨房里磨蹭了好一会儿的Samuel 端着一盘咖啡味的泡芙放到桌上故作平淡地说。

于是，这个下午的关键词诞生了——"野生"。

"野生香蕉""野生橘子""野生饼干条""野生姜饼"，什么都变成野生的了，办公室充满了野生野长的气息。

准备开会了，Faye 甜甜地问我："用这一套泡野生红茶可以吗？"她拿着一个黑纸盒，里面放着上个世纪六十年代的一套国产茶具，昨天下午大扫除劫后余生的古董。

镜头回放到前一天的傍晚——

离下班时间还有二十分钟，亚比该说大家必须起身去厨房整理冰箱橱柜了，年前大扫除……她在那一日至少三次发出无效果的号召，在每一次带来的无形气压里，大家发出一些不置可否的声音……我硬着心肠装没听见，心里实在一次比一次"紧张"……我们都是塞满冰箱橱柜的有功之臣，想到要面临"审判"，都惶恐了。

厨房突然温馨不再，成了激烈的战壕，储物柜打开的一瞬间，人群立即阵线分明。

奋斗在大扫除第一线的是视觉部的，他们继续发扬无默契合作精神，打开每个橱柜门，Ann 主"留"，Samuel 主"扔"，不过扔的都是别人带来的，包括我的……玉婷也冲到了第一线，主张"扔，扔，扔，扔了"，听说她母亲把她父亲的手表都扔了，原因就是"没看见他戴过"。她真是得母亲真传……厨房的空地上迅速出现了两个垃圾袋。

战斗在第二线的是 Faye、Sue、吕底亚和亚比该，她们自称中立派，看情况扔，看情况留。跟自己无关的、不需要的都会使中立派变成"扔"派。一块九成新的砧板，是亚比该说要扔的，那是做三明治和感恩卷岁月的必备物。我正要制止，吕底亚说："给我给我，家里正要换个砧板。"我总算得了点安慰，不说话了，心里暗自盘算着：等什么时候又要切面包了，我再来教育你们！

亚比该把冰箱一百八十度打开，"哎呀这个，不要了不要了……"她把一个塑料袋递给 Faye，里面有些褐色的东西。

中立派就是这样：声音很大，但要扔的东西都先递给别人去做最后决定。

Faye 打开塑料袋，说："是萝卜干啊，我要，给我。"里面还有一块洗干净的生姜。她是公司里最爱吃萝卜的，如果在外吃饭，但凡有萝卜，大家都会诚恳地请示她："请问我可以吃你的萝卜吗？"Faye 心满意足地收起了她的萝卜干，准备带回家给自己开小灶。Sue 也找到了她的所需，一个卡其色的无纺布大购物袋。由于"扔"派气势汹汹，她用左胳膊挽着那个无纺布袋直到下班，洗杯子时也没让袋子离开她。当然，亚比该也默然无语地把半瓶腐乳放到了安全地带……那是她要留的。

彼时，第一线的 Ann 勇敢地对抗着"扔"派同事，主要针对大大小小的瓶瓶罐罐，"这个我要的，这个可以装茶叶，这个我可以带回去做酵素……"她把扔到垃圾袋里的东西又捡回来收拾。"我给你买个水桶做酵素吧，你就别留这些瓶子了。"Samuel 说。"我不要水桶。"Ann 不仅不领 Samuel 的情，还主动进攻："你能不能把你的茶杯带一些回去？你的杯子太多了。""我的每个杯子都有不同的用处的，你看，这个是专门喝白开水的。"

在扔与留进行到白热化阶段时，Jane 挽起袖子欢欢喜喜地抵达现场，她很兴奋地站在外围，说："扔了扔了，可以扔了。"站在她背后的我可以证明直到大扫除结束，她啥也没做，她只是来精神喊话的——"扔了！"好像她永远不需要再吃什么了似的，扔东西让她好开心啊，现在我总算明白发生在她身上的一些事了：她加完班打车回到家，才想起接她下班的先生还在楼下车里等着她……当然她也说了另外一句让我记忆深刻的话："快快快，把霉菌绑起来！"她指着一盒过期的坚果。玉婷坚决地说："以后坚果都别带来了！"不过，当她们发现橱柜里竟然还有一包过期的牛肉干时，都痛心疾首地和 Faye 商量说："其实，放进微波炉烤一下就好了……"当然，最终还是决定放弃。Faye 非常郑重地对我说："您带了什么来一定要记得跟我说下……"我很委屈地说："我拿来就放在厨房台面上的，后来不见了还以为你们吃了，不知谁收到柜子里了。"

"这个，还要不要？"Samuel 打开一个黑盒子，里面就是这套传家宝茶具。我惊愕地说："这个你都敢扔啊！"我立刻决定："Ann，今天开始你来当收纳部的主管！什么东西要扔之前都得问

Ann，大家听到没有？""啊——不要啊！玛亚老师！"Ann镇定地、得胜地笑着欣然受命。我指着茶具借题发挥："你们不是离开十年，只是离开十天，什么都扔了，还过日子吗？都要学学Ann这样会过日子。"接下来我在抱怨声里抢救出两颗咖啡色牛油果，它们被切开后很争气地闪着鲜绿色光泽，并且被Faye心服口服地和最后一根香蕉一起打了果汁和我分着喝了。这时，我发现一个似曾相识的灰色瓶盖，我狐疑地问："这不是跟我的果汁机一套的吗？"Faye心虚地解释："是的，但是您从来不用，您从不把果汁带出去喝的，所以不需要盖子。"我把它从垃圾袋里拣出来说："可是，它们是一套的，应该待在一起，而且它还是新的。"

显然，全公司只有Ann和我是"留"派，我不将重任交给她，还能托付给谁呢？

看着地上四个满满的垃圾袋，我觉得战斗接近尾声了，有Ann在，我就放心地去洗手间了。等我回到厨房，发现这么一会儿已经发生了政变，亚比该（公司HR）笑嘻嘻地说："玛亚老师，我已经把厨房以后整理的事分配完了，我是委员长。"我还没反应过来，Ann坚定地对她说："我才是正的！"所以，"扔"派与"中立派"的革命彻底失败了。忠勇的Ann，孤独又成功地捍卫了她的职分和所有的瓶瓶罐罐。This is my girl.

镜头回到春节前最后一个例会的会议桌上——大家小心翼翼地把大扫除中挖掘出来的古董茶杯放到自己面前，说一定要用古董茶杯喝野生红茶……杯子不够数，亚比该舍己地对玉婷说："给你

用，我以前用过。"Fiona 对 Faye 说："我俩共用一个吧。"吕底亚乖乖地说："这套茶具还是我从版房带回来的……"我立刻表扬了她，说实话我都忘了从前放到哪里去了，它们是爸爸到深圳来和我同住时带来的两套老茶具之一，以前我很少用。吕底亚和 Sue 给它拍了照立刻搜出了它的年份和价值，让我吃惊地发现网络的服务项目如此之多……小小的茶杯带来的每一次举杯品茗，越来越浓地改变了气氛，空气里弥漫着时光的氤氲，好像大家都变成了"留"派，享受着抢救下来的茶具，听说她们午餐吃的也是劫后余生的辛拉面……

　　所有的议题都结束了，小小的茶杯里不断地添上怎么泡都不涩的红茶。玉婷说："唉，要是有一束夕阳落在我们桌上，就更完美了……"嗯，像文化部的姑娘……这个下午，我们开了一个超时的例会，我们都品尝到了永远不能丢弃的那一切组合而成的滋味。

每个生命都有期待的美丽与力量

　　花的美丽是直接、坦白地呈现，向你打开……所以，爱上雏菊，是一瞬间的决定，在心里"啊……"了一声，就俯身摘取，那一刹那，没有去思想它的花名，也并不知它被人定义的花语，更不晓得它是意大利的国花，就是单纯地爱了它……

　　在英国的湖区，一早就走了很久的山路。湿漉漉的湖边，草地里突然看到了它，非常非常完美，洁白的花瓣与黄色的花蕊显得那么干净而又活泼，一种出乎意料的搭调，周边一切的绿色也都因为它显得那么生机盎然。好让我感动的美啊，我人生的美丽，不都是由无数的感动串联在了一起吗？其中，就有这朵清晨的雏菊。

　　我就那样把它带在身边一整天，一会儿在头发里，一会儿在衣扣中，后来又别在背包的锁扣上，我是那么地钟爱它。到夜里，回到住处，它已经蔫了，可是它仍旧显得那么忠实……我不舍地将它插在漱口杯里，放了半杯水，就去写笔记了，等到要睡觉的时候，我看到它——

与雏菊朝夕相处的一天，使我深深地铭记住它的美丽与品性，并在心里给它花语：干净，有让人惊喜的美丽与力量。

重新开放，就如清晨那般清新完好！我轻轻地挨近它，比早晨遇见时还要珍爱地靠近它，竟然，它还像清晨一样的香，一种叫人放心的清香，淡却直接，毫不矫揉。朝花夕拾，却丝毫没有伤感，只有惊喜与感动……与雏菊朝夕相处的一天，使我深深地铭记住它的美丽与品性，并在心里给它花语：干净，有让人惊喜的美丽与力量。

在意大利，我并没有遇到过雏菊，可能去的时候太冷，但是在法国料峭的春寒里，我曾遇到它，它撒满我住处之外整个小山坡。我不停地拍呀，因为每一朵都那么完美。最后，我停止拍摄，我静静地呼吸、欣赏。我多想躺在它们中间，我真想化作一粒尘埃，躺在它们的花瓣之下，享受它们洁白的花瓣是如何在天色之中变成半透明，我看着它们，想象着自己变得微小，能够分享它们的强大……我没有再摘取它们，我非常清楚我真实地拥有了它，因为我看到了它的美丽，体会过它的生命，我真心地爱了它。这爱，使我真正拥有了。

不是每一个生命，都能像玫瑰一样闻名于世；不是每个生命，都能像郁金香一样绚丽、夺目；但是，雏菊的生命，却有能让每个生命都去期待的美丽与力量。平凡，却令人诧异地独特；简单，却出人意料地美丽、干净；微小，却有让人惊喜感动的生命力。

我的心，一直纪念着那与雏菊朝夕相处的一天。但愿，我能常常享受雏菊相伴的日子；但愿，我的心常被雏菊的美丽与生命激励。

害羞的购物袋

日本女画家的绘本最热的那几年，我也看了好几本。有几幅女画家描绘单身生活的故事很有趣，其中有个细节我记得很清楚——自得其乐的女孩把从超市买来的一大堆物件放进透明的塑料袋里拎着，细心地嘱咐自己说："有大减价标签的东西要靠身体的一边放着，不然挺害羞的……"把我给读笑了，好矜持精致的日本女孩啊，仔仔细细地经营着自己体面的生活。

手里拿着的，很多时候会破坏身上穿着的。

校园里的教授和学生是行走中很好看的人，他们手里常拿着书、笔记本、成沓的稿纸……读书的时候，最爱看美术系的男生，冷冷地拎着油绿色的画夹……也喜欢国外超市里用来装商品的牛皮纸袋，捧在胸前的杂物都因此显得优质。最怕的就是塑料袋，从质地到发出的声音都叫人不能愉快。视觉上，没有什么塑料袋能够与人类的服饰搭配得当，更不用说它们需要两百年才能被降解了。

特别喜欢在结账时说："不用给我包装袋。"然后从自己的包里
拿出折叠得小小的购物袋，展开，把购物所得收纳进去。无论多重，
制造出属于自己的一份轻盈与和谐。

特别喜欢在结账时说："不用给我包装袋。"然后从自己的包里拿出折叠得小小的购物袋，展开，把购物所得收纳进去。无论多重，制造出属于自己的一份轻盈与和谐。能够在任何事上坚持恰当的选择，是叫人安心的，是不会让自己害羞的。

海明威，

我是干完活儿来的

海明威，我是干完活儿来的

回到酒店，已是约定时间的十五分钟后。我在路上祈祷，希望法国姊妹们能够原谅我在巴黎的第一次约会就迟到了……K 和 L 在酒店的大堂里，明媚的笑脸，没有一丝忍耐之后的阴影与僵硬，两个扎扎实实的拥抱。还有 P——K 和 L 等待我时偶遇的天使，那个能唱所有皮雅芙香颂的歌手。P 的化妆很 20 世纪。K 盼望我和她应有机会认识，于是，就听到 L 惊叹："看啊，那是谁！"那一刻 P 正好从酒店的窗外经过，这就是十五分钟之内发生的。

我们步行去晚餐，走过街，穿过街，向着街行走……在巴黎，如果你不步行，巴黎就不存在。边走边猜，我们会去哪里？我会在哪里用餐？到巴黎的第一个晚餐，那是一个象征，对 20 世纪的某个男人，那是一个抉择。

黄昏里一场轻盈的快走，终于落座，不为人所知地，我暗自微笑，心里在说悄悄话："海明威，我是干完活儿来的。"对 K 和 L 决定的用餐地心怀感激。我向后靠去，抬头望着餐厅里的穹顶，朝着穹顶里湛蓝的天色微笑，笑得心满意足。

"这是海明威每早都喝的洋葱汤。"侍应生如此介绍，因为中国女人想要喝汤了。我摇头，并不因那汤又浓又咸，而是那种介绍方式，是巴黎的时尚谎言之一。因为，海明威只在美好的黄昏到达这里。

我点了鸭子，以及，一杯热水。

海明威在巴黎时，未能每日拥有早餐。下午三点之前，他多半都在饿肚子。海明威只有在饿过很多餐之后，在辛勤写作了一整天并且写得很顺手之后才会来到这里。他绕过当时人满为患的知名咖啡馆，绕过那些他熟识却没有交流欲望的人，对自己说："我才不进去呢，我是洁身自好的人，是干完了活儿、不参与他们共同恶习的人……"他说的正是如今被情调主义者们所熟知的几家著名咖啡馆，海明威绕过它们来到了这里，原因很简单，这里是干完活儿之后的人来的地方，宽敞而且便宜，吃得很好而且便宜，喝得很好而且便宜，然而，与洋葱汤毫无关系。海明威最爱的是牡蛎……

一周，两堂课，一场秀，次日收拾行装，飞了……海明威，我的确是干完活儿来的，在美好的黄昏。我无须坐在你的座位上，在穹顶之下，我体会了你走进来时的心绪……你不是到这里来喝汤的。前天，我还在为走秀的蜡烛、放蛋糕的盘子和鲜花奔波，今天我已坐在这里，不是来喝洋葱汤的。

"嘭！嘭！嘭！嘭！嘭！"我们都吓了一跳，我猜这是新世

纪才创造的声音，海明威从未提及此处有这么大的动静。"Happy birthday to you，happy birthday to you，happy birthday to you……"三五个侍应生拥着威风的大蛋糕走到一张桌前，这情景一晚上来了三次，其中一次发生在我们的邻桌。我认真看了侍应生手中的大蛋糕，心想为何三个寿星的蛋糕都同款呢？侍应生热情地站稳让我看，他摆出 pose 鼓励我按下了快门。原来是蛋糕模型，唱完歌，可吃的小蛋糕才安静登场。

我对法国侍应生的端盘 pose 从来钦佩有加，三个指头能直挺挺顶住重且大的托盘底部中心。技艺生硬的也只用四个指头，没见过两手端盘的。

于是，我们开始点饭后甜品。我要求一份传统的法国甜品，K为我点了Crepe，我吃了三分之一，欢迎大家的刀叉光临我的盘子。永远不会拒绝多吃一口甜品的，是女人。

离开时，在门口听见一对游客欢呼着，他们发现了餐厅门口有玛格丽特·杜拉斯的照片，那让他们觉得找到了他们要找的地方了，很快，他们就会喝到那洋葱汤了……一代又一代的人都让一些事情给搞糊涂了，历来如此，今后也将永远如此，真是没错。我不寒而栗，好在我只喝了一杯热水，还算清醒。

巴黎，你已经不是海明威的巴黎，不是那个让穷得吃不起早餐和午餐的海明威丝毫不觉得自己穷的巴黎。你成了时尚的巴黎。一个因为时尚变得没有门槛的巴黎，一个让无数人来挥金如土的巴黎……巴黎啊，曾有多少天才因跨过你精神的门槛而意气风发、只争朝夕，他们在巴黎做着美梦、饿着肚子，他们在巴黎度过了贫穷而富饶的青春，他们中活下来的人在巴黎变成了埃兹拉·庞德、詹姆斯·乔伊斯、欧内斯特·米勒尔·海明威……

美国人在巴黎长一的英文书店

　　我曾与它相距咫尺。几年前，在筋疲力尽的初冬，我在它旁边的小教堂里，被一张忧伤得无以复加的年轻人的脸触动，出来之后，随着巷子里的鸽子飘荡，直到遇见端着茶盘的阳光先生向我问安，我的心才慢慢回暖，却就此远离了它，走开了。但是它一直都会在那里，它不会像伦敦的查令十字街 84 号，只剩下门牌，它会一直在那里，为全世界真正的读书人而存在……

　　一个又高又帅的美国神学博士在教授拉丁文时，与他的女学生相爱。期间，没有任何家长式的拦阻和不堪承受的悲情。两年后，他们顺利成婚。之后，博士做了十二年的牧师，直到他们夫妻带着女儿们从美国到了巴黎。又过了多少春秋，巴黎就像一颗美丽的种子，在他们长女的心里发芽，长成了该长成的树苗。这位牧师的女儿，自由而又独特的女生，一心想要在美国开一间法文书店。结果是，她在巴黎开了一间英文书店，就像她父母的婚姻那么顺利——

她发了个电报给母亲："巴黎开书店，请寄钱。"母亲给她寄来了自己所有的积蓄。九十五年，近一个世纪的时间过去，牧师女儿的书店仍旧在这里——就在我的眼前。

我坐在书店前的空地上，就像一个天天路过此处的人。因为我无须飞行，已经来过太多太多次。我的想象力停在 1941 年，当牧师的女儿不肯把书店里最后一本《尤利西斯》卖给德国人而因此被捕入狱，牧师的女儿是以怎样的心情走过这片小小的空地？她的风骨，在那一刻凝结，在我的心里构成一座精巧的雕像。

如今收银台里掌柜的，换了一个长得跟英国的哈里王子几乎一模一样的男生，可惜他完全没有王子的风度，高傲而又不耐烦地告诉进来的人："不可以拍照！"哦哦，孩子，你家老祖宗当年可不是这样说话的，她总是说："海明威，你太瘦了，你吃饭了吗……下午三点了，你还没吃饭？你要多吃点，海明威。"海明威和她一样都是被巴黎当年极低的物价所吸引。当然，海明威更多是被"想当作家就得去巴黎混混"的传言和劝说打动了。尽管如此，海明威还是穷得连租书的钱都没有，直到他知道这家巴黎的英文书店。

海明威第一次去找牧师女儿时，怯得不敢跨进书店。也许，他觉得只要一脚跨进去，就得接受与想象、传闻和情感不相符的现实。但无论海明威怎么拖迟跨进书店的脚步，他还是被牧师的女儿发现了。他一生都不曾为那迈出的一步后悔。海明威说在他认识的人里，没有人比牧师的女儿对他更好的。人们一生想要忘却和远离的、想要摆脱的，是那些尖刻、乖僻并且虚伪的人，牧师女儿的书店却留宿过不少这样的人。时过境迁，如今这里接待的最多的是朝圣者。牧师女儿的书店曾是海明威的图书馆和邮局，也是乔伊斯的提款机和公关公司……这里，曾是20世纪英文写作者的精神沙龙、取暖的避风港，是文学流浪汉的免费食堂和旅社，也是窃书贼的最爱……它究竟如何跨越经济危机和世界大战，经营到如今都不倒闭，是经济学之谜，更是温情的商业奇迹。更何况，它生存在不愿开口说英文的巴黎，而且是在巴黎的黄金地段，这成就了全球最著名的爱书人书店之世纪传奇。

海明威第一次来牧师女儿的书店借书时，还没有读过《战争与和平》和《猎人日记》，他的目标只是如何写好短篇小说，他没有上过大学，牧师的女儿却称赞他是"教养极其良好的年轻人，聪明而自信，靠自学懂得的比读过大学的人还多，带着少年的腼腆"。海明威，年轻得还不敢期望自己能获诺贝尔文学奖，他所拥有的就是一个相亲相爱的结发妻子。当然，那时他的英俊也赢得了欣赏他才华的牧师女儿的喜欢，就跟其他文学女士们一样。

我禁不住暗暗思忖：难道海明威最俊朗的时期不是他成为"老爹"之后吗？

乔伊斯一点都不英俊，但是牧师的女儿待他好得不能再好，以至于当有人讽刺乔伊斯给餐厅侍应生多得过分的小费时，牧师的女儿对讽刺者非常生气。她完全不在乎那些小费有时甚至是跟她借的，也不在意乔伊斯跟自己借贷的"急用"频繁到自己没钱付小费了，她听到乔伊斯和海明威又去了巴黎最贵的餐厅吃饭就高兴……

敬重维克多·雨果并不难，但如此珍爱《尤利西斯》出版之前的乔伊斯，恐怕只有牧师的女儿做得最好。哦，对了，《尤利西斯》其实是牧师女儿的书店帮乔伊斯出版的。后来，乔伊斯羞涩地将自己的手稿赠予了牧师的女儿。因为，对手头拮据的乔伊斯，牧师的女儿珍视他哪怕在一张便条纸上写下的只言片语……这一切，不是交易，是惺惺相惜。面对珍爱的人与事，会对昂贵的代价视若不见。在富足仁慈者的心里，没有价格，只有价值……

三楼在开新书发布会，规模只有二十人左右，有"免入"的牌子挡住。和从前一样，这里的作家发布会空间只够招待最货真价实的读者。我退回到二楼，站在无数文学流浪者睡过的小床前，因那些漫漫寒夜为他们感恩。牧师女儿的书店对免费留宿者唯一的要求是每天读完一本书。显然，这就是书店对自己所照顾人群的定位，她所做的，只是她能做的。

我在最显眼的位置很容易就找到两本我要买的英文原著《理智与情感》《简·爱》，要留给女孩子们读的，女儿、孙女、外孙女……将来要告诉她们这是在牧师女儿的书店买的，是两个牧师的女儿写的。尽管，可能有人觉得它们又闷又过时，但是它们永远都会在，会在全球最著名的爱书人书店、最显眼的位置上摆着。

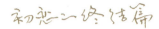

　　公司十月生日会，等唯一的男设计师 Joye 回来才举行，因为他回家结婚去了，太太也是设计师。Joye 只有 25 岁，但是和太太已经相恋 9 年，大家边吃边问他何以能将初恋成功进行到婚姻的。他说："就是绝不说分手，死皮赖脸。"又问他结婚后感觉有何不同，他认真想了想说："没什么不同。"我担忧地看着他，想起杰西和赛琳。

　　想必，Joye 就像《爱在黎明破晓前》里那样经历过太浪漫美好的触电，就有了像《爱在日落之前》那样的续曲。爱情电影都是在结婚前剧终，所以初恋和艳遇成为浪漫爱情的关键词，做太太的都会为丈夫的初恋头大，因为时光无敌、青春无敌。当然做丈夫的也最恼火太太的前男友，就像杰西于《爱在午夜降临前》里所表现的，在争吵时爆发出对赛琳和前男友的高浓度醋意，结果就是赛琳对他说："我不爱你了。"当一个法国女人这样说，就是最重的话了。

《爱在午夜降临前》作为《爱在黎明破晓前》《爱在日落之前》的终结篇，已经毫无动人之处，使前面两部爱情经典都幻灭了。杰西其实是个天生的居家男人、爱孩子的好父亲。遗憾的是，他没有跟初恋结婚，所以半路出走找回赛琳，撇下美国的儿子和前妻，跟赛琳在法国再婚生了一对双胞胎女儿。影片一开始就是他愁眉苦脸地跟儿子在欧洲机场生离死别似的唠叨，他等着入关后儿子最后的回眸，但是儿子却径直入了海关，一去不回头，让他伤感不已。这愈加激发了你对赛琳的好奇，以为她变得比年轻时还要有魅力，以至于使杰西抛家弃子。然而实际上我们看到的却是一位说个不停、气质也荡然无存的老女孩。说赛琳是老女孩，是因为她完全不肯长大，抱怨杰西的浪漫风格毫无突破。最让人受不了的，是她半裸着接电话、半裸着与杰西争吵的那场戏。她不仅应该只活在杰西的回忆中，也应该只留在观众的记忆里，这著名的终结篇真是终结了大家几十年来的浪漫珍藏。

　　按照惯例，公司不论谁生日都会有礼物，很多时候姑娘们都会要我们自己设计的服饰和保养品，另外还会再送一盆植物。Joye选择的却是一条公司的风衣裙，给太太的，选的植物也是太太喜欢的。他说："太太开心我就开心了。"我解除了对他的忧患，这个杰西一样的男人，既然能跟自己的初恋结婚，就一定可以白头偕老，因为他们实在没有情敌可以拿来吵架分手，只要Joye永远都以太太的快乐为乐，他就是无敌的。他在夜色里快乐地说："回家穿裙子去。"

带着小屋去旅行

从去年一直推迟到今年六月的旅行，终于成行。因为要七月中才回来，所以一进入六月理科生就开始催促："你要开始整理行李了。""你还不开始收拾行李啊？""你开始整理行李吧！"

好的好的好的……好的。

这是一个庞大的思维体系。将要去的每个城市，每个城市里每天的日程安排，要见的人，要一起做的事，要遇到的环境、场合，每个城市的天气、人文气氛、景点的色调……还有，理科生的事先约定：我们只带两个箱子。出发前一晚，我的行李妥当了，请他来检查。他把箱子锁上，拎了拎，沉思片刻说："你要拿一些出来，因为你还会买礼物的。"半小时后，理科生来查看我落实了没有，他看到的是自己万分烦恼的妻子……"拿了多少出来？"他问。我指了指沙发，深蓝色的平绒沙发上，一件珠灰色丝绸吊带小背心顺服地躺在扶手上……理科生用两根指头捻起小背心说：

劳拉曾经问："爸爸，什么是昔日时光？"
查尔斯回答："就是指很久以前的日子，劳拉。"
劳拉看着爸爸和他蜜色的小提琴，还有坐在摇椅里编织的妈妈，
很有哲意地想："这就是现在。"

"这就是你减掉的行李？""嗯，这件是备用而已，可以不带，其他的是每个日子都需要用到的。"这种时刻，必须保持镇定。他说："你要不要考虑一下，看看是否该再减掉一些？"

结果就是：我不必再做减法，而是加带一个随机箱，因为我说服了他——我们带出去的礼物届时会空出箱位。我也答应他说的——这次绝不买茶具，礼物只买体积小的、薄的、轻的。和平成交。

我往随机箱里放了两本书《草原上的小木屋》和《梅溪岸边》，理科生也往里面放了一本书——《大森林的小木屋》。我们都一致认为这次旅行它们是最佳读本，不过理科生叹了口气："减来减去反而多出一箱东西……"

到雅典的第一晚，他从浴室里走出来，说："这件背心怎么也跟着来了？"他手里拿着那件出发前被淘汰的珠灰色丝绸背心问。我把脸一半埋进枕头里，好压住我快要爆发的笑，说："你知道吗，当我把它放在沙发上时，我发现珠灰配深蓝太好看了，我坐飞机不就是穿深蓝的七分裤么，而且它跟我衬衣的灰蓝色也太搭了，我就把它穿在里面了……"理科生站在浴室门口，样子很无助。他终于发觉面对审美，他的理性没有用武之地，只好跟我一起笑了。

是的，我带的每件衣服，都有必用之处。但有一样天天可心的搭配，真的就是我们带去的这三本书，使我们的旅程带着一种海阔天空的舒畅。从前，我都会带两三本严肃的、专业的、要思考的书出门，每次都想借着外出静静品读，但都没读完。这次，在飞机上就读完了原本已开始读的《草原上的小木屋》，到希腊后开始读《梅溪岸边》，那清凉的梅溪水，在每一日的夜里，都会缓缓流淌在我的心田，甚至我的肌肤都能透过劳拉的文字接触到溪水的温度和快意。枕边的理科生也常因读《大森林的小木屋》发出难得感性的喟叹——"他们的生活太可爱了……"启程前，他因我的竭力推荐已经开始读小木屋系列，对于最爱轻装旅行的理科生来说，带一本小说上路是他的第一次。

"卡洛琳，出来，看看月亮。"

这本书最先吸引我的，不是风景，不是劳拉，甚至不是劳拉那位真正淑女的妈妈，而是劳拉的爸爸查尔斯。他的魅力是如此具体，他的能力是如此实际，他的品格则是在出其不意的测试中显露，如此真切感人……查尔斯带来整个故事的安全感，托住了所有的艰辛险情，使一切匮乏都成为他了不起的反衬。

查尔斯有一颗雄心，却能从卑微之处开始履行，他的心理极其健康、清洁、正直，任何低微之事都不会引发他的自卑，他对生命充满了盼望和热忱。即使一无所有，遭遇险恶，他也行事坚定，拒不丧气。

查尔斯有一颗智慧之心，却毫不自大。他总是勤勉沉稳地做工，井然有理从不莽撞。阅读劳拉对爸爸查尔斯各样劳作的描述，能收获丰富的耕种狩猎知识，那些知识带着令人敬畏的智慧。查尔斯不仅对它们得心应手，还像个十项全能的工艺师，盖房子、打家具、做地板、耕田种地、驯马、挤牛奶……无一不能。

查尔斯有一颗无私的心，他对妻子卡洛琳的爱、对女儿们的爱，是舍己之爱，他总是把拥有的先让妻女享受，且甘之如饴……理科生有天晚上边读书边对我说："原来劳拉的妈妈是个老师，而且以前还很时尚，她竟然肯嫁给农民。"我说："查尔斯是个有美名有魅力的农民啊，斯坦福都培养不出一个这样的男人呢……"

查尔斯有一颗赤子之心。他很务实，也很会务实，但却没有丝毫的俗气和吝啬。他充满了梦想和浪漫的情怀，无论是森林还是草原，有他的感叹，就会显出不同一般的美丽来。他喜欢拉小提琴，喜欢唱歌，会跳舞，知情识趣绝不乏味……他常会说出很抒情的话："这里多么宽阔啊……""永远住在这里我都会快乐……""卡洛琳，出来，看看月亮。"远处，还有狼嚎，但是劳拉一点也不害怕，她没有说原因，读者们都领会，因为有爸爸在身边，查尔斯可以把狼嚎也变为劳拉生命中的风景和美好记忆。当查尔斯不在家时，不论妈妈卡洛琳如何陪伴，女儿们的心总会渐渐空洞，因为爸爸不在……劳拉家唯一的恐慌从来不是物质的贫瘠，而是爸爸还没回家。

查尔斯很 man。我喜欢的男人，得很 man，但不是粗戾。查尔斯就是这样的男人，很 man，但是宽柔温暖。"你们要记住，不管发生什么，都要照我说的做。照我说的做，你们就不会受伤害。"事实上，一个很 man 的男人，才发得出这样的声音，才有这样的确凿。然而，这样 man 的查尔斯却对妻子说："你说得对，卡洛琳，你总是对的。"

"别拿手指来指去，劳拉……"

最实用的礼仪，是发乎品格，唯有品格能以不变应万变。最优美的礼仪，是深植于生活，在没有观众的生活中呈现出来。这样从父母和日常生活中耳濡目染得来的礼仪，才可称为教养。人一旦拥有了这样的教养，就是富贵不能淫、贫贱不能移的真气质。

当劳拉看到"爸爸小心地扶着妈妈爬上马车"，她才会那么殷勤地陪妈妈干家务活……当劳拉看到爸爸抓鱼从不会多抓，除了当天够吃的其余的鱼都放掉，打猎从不向小鹿和小鹿妈妈开枪时，她才能忍痛割爱，把捡来的印第安珠子送给妹妹做圣诞礼物，而妈妈，也决不让劳拉养成自私贪心的习惯……

爸爸妈妈说话时劳拉不敢插嘴……

没有他人在一旁也不能大喊大叫……

礼拜日不许随便乱说话……

来到陌生之地，不要指手画脚……

愤怒是邪恶的，所以劳拉必须选择原谅……

这一切，劳拉都做到了，因为劳拉的妈妈就是这样的典范——"妈妈总是安安静静、轻手轻脚，从来不发出大的声响，可是整个屋子都似乎想听听她的声音……"劳拉的妈妈总是那么温柔、镇定，哪怕她的手摸到了一只黑熊……妈妈的话语也总是那么智慧："世上没有一个地方有永远的好天气……"劳拉的妈妈和爸爸一样：永不抱怨。

"我想钻进这本书里去……"

在比利时，理科生的大学同窗邀请我们住在他们家里。比利时的房子都是尖屋顶，我们住的三楼就是屋顶那一层，又粗又壮的梁木裸呈在斜斜的天花板上，跟劳拉的故事十分搭调。那时我每晚都看《梅溪岸边》……等到回国，我和理科生都看完了自己带去的书，所以回来之后就预备选新的看。理科生要我看他刚看完的《大森林的小木屋》，理由很多，其中一项就是：里面说了很多好吃的。我则让他赶快看《梅溪岸边》，理由是遭遇不测和灾难时劳拉一家的人生态度十分动人……他翻了翻说："根据故事情节和时间次序，我现在应该看《草原上的小木屋》。"我于是把刚看完的《梅溪岸边》分享了一番，他很受感动，但是他说："我还是得先看《草原上的小木屋》，因为时间是这么发展的。"我不准备说服他了，因为理科生若失去了逻辑就无法平衡，而我这文科生若没有感动就会迷失方向……于是，在倒时差的深夜，我俩人手一本小木屋系列，欲罢不能。我们为这三本书哪一本最好看有了一番讨论，最后的结论就是："唉，都好看，我真想钻进这本书里去生活……""我也想……"

劳拉曾经问："爸爸，什么是昔日时光？"

查尔斯回答："就是指很久以前的日子，劳拉。"

劳拉看着爸爸和他蜜色的小提琴，还有坐在摇椅里编织的妈妈，很有哲意地想："这就是现在。"

这是《大森林的小木屋》最后一页的话，我掩上书，沉浸在一阵惆怅中……我们这个时代不缺提琴、摇椅，以及各类手工艺品，缺的是许多像劳拉父母这样的家庭组成的社会基石，缺的是他们的心性组成的价值体系，缺的是对待月光、对待父母、对待陌生人、对待自己愤怒的正确正直的立场……这正是美国西部精神最纯最美、最精髓的核心，也是让森林、草原、梅溪岸边产生让人心之向往的魅力的原因，不是吗？山川仍在，只是人心不古，我们要寻求的不是森林不是草原不是梅溪，而是不让世道沉沦的心性！还来得及，让我们读读这几本小书吧，它之所以成为经典，一定不仅仅有使人想钻进去生活的魔力，其实更有引发深思的启示，以及，最宝贵的，想要成为书中之人的决心和勇气！

我愿如诗，拜访千年的绝句

旅行，是一种不请自来的拜访。

不请自来，原指一种非常失礼的粗率，因此，旅行者若不带上足够的礼仪出行，就会成为惊扰者，使生活在别处的人们不堪其扰。

两年前的深秋，我在法国北部一个安宁的小镇，下午四点多，走出寄居的农舍，想去镇上走走，顺便完成当日的快步计划。我穿着楔跟靴出门，踏在镇上的石板路上，十多分钟都没有遇到一个人，只听见自己步履声声，越走心里越抱歉，就返回了。我的计划不要紧，要紧的是不想自己的足音搅扰了小镇的静谧……当时的心情，自觉是个莽撞的无礼之人，把自己的生活方式强加给了古老的异国他乡。我撇进一条小路，用心细品着经过的古老门窗和伸出矮墙的枝叶藤蔓，每一步都令人陶醉。拍照，在那样的静美中似乎像偷窃，与那份气息是不相称的，默然欣赏的尊重才是无人之时的礼仪。我将双手插在咖啡色大衣口袋里，又慢又轻地，终于冒着迷路的危险回到了农舍。那一天，我很深地明白为何有些国家的护照申请很烦琐，这是一种自我保护，因为不是每个人都懂得尊重他人和他人所在的环境。脱离自我中心，是旅行者该有的收获和自省；而自我中心的旅行者，则一定会是他人的噩梦。

若旅行者的心态是让旅行转化为游历，就能实现旅行的意义。古人说："昔年游历处，今向画中看。"中国的古人，总能让旅行入画入诗，是因为旅行入了他们的心。他们让旅行变为陶养灵魂、加深感悟的游历，使畅观造像化作人生的进益！正如余光中所说，旅行应使人目光变得长远，心胸更加宽广；也如丁玲描写过的，旅行所见能成为梦想的依据……诚然，这都是美好的旅行者专属的享受。

不要喧哗！是我个人提倡的旅行之礼仪精义。此喧哗，不仅包括无礼的大声，也包括穿着的喧哗、意志的喧哗。作为不请自来者，需以尊敬的方式融入，轻轻地来，令人赞许地目送着离开……成就一次又一次美妙的擦肩而过。美观安静的出现，是对容足之地的尊荣，是对地主的尊敬；不动声色的观赏者，能渲染出相知之美；千万不可因自己有所花费，就求全责备、颐指气使，别让自我的强大喧哗出意志的丑态、心象的浮躁。旅行是一种美育，旅行者若能带给他人美育，就完成了一瓢之水也能彼此分润的奇妙。

中国的古建筑，表尊坚整，仪态致密，琢磨之工很耐人寻味；

虽有帝王的重彩梁檐，但更多的色泽是深沉清幽……拜访名胜古迹，最该像个温良的百姓、有教养的公民，秩序井然、形仪净丽；历史厚重之处，更要穿出和谐，如莘莘学子，不是来指点江山，而是来学习在遗址中沉思默想。

当我们知晓所往之处有圣殿、有宫殿、有陵寝、有朱门碧瓦，也有城墙隧道、曲榭回廊……我们更加体悟到"美丽不是一件小事"，惟愿能穿出见识，穿出品德，穿出诗一样的句式。

那一场放花烂漫的细雪

不知何时开始，我偏爱好结局的电影，一个不了了之、无疾而终的结尾，多么高深，都不如一个温暖的收尾让我快慰，尤其，还带着出人意料的精致喜悦……《绿皮书》的结尾便是如此。

离家八周的托尼，坐在热火朝天的圣诞家宴里若有所思，也若有所失，突然敲门声响起，出现的却是观众没在意的一个伏笔，精致的失望、期待、意外交叠着……直到托尼伺候了两个月的钢琴家唐站在门外，拿着一瓶酒，身穿粗花呢的外套，一个多么轻巧、在行的颠覆。

在着装上每一刻都刻意考究的唐，整个故事里的穿着都是光鲜精良毫不出错的，当然，也是穿得高高在上的。于是，在影片末尾，这件温暖的粗花呢带来他的风格骤变，从高冷到温情，他将内心的巨变无言地穿上了身……

回到冰冷孤独的家中，唐看着那个像国王宝座一样辉煌的椅子，仿佛明白即使他在家里能活得像国王，他的国度却空无一人……于是，唐摒弃了所有的工致风雅，就是那些能使他人忽略他肤色的一切，选择了粗花呢，选择了真实与人亲近的勇气,敲响了托尼的家门。出现在托尼家门口的唐，正如粗花呢，质地纯良、纹理清晰，粗花呢浑然天成的品相，流露出唐渴望托尼一家触摸到他的心愿……那一刻的粗花呢，叫人感喟。

　　无论是杂色方格还是雪花点，粗花呢都是绅士衣橱里最有质感和色彩的，这份来自冬日的格调之所以会渐渐流淌到英伦之外，流淌到女人的情怀衣橱里，都因它的标志性特质——真切的暖意。尽管精仿羊毛的等级越来越高，粗花呢的格调从未、也不会退出时尚。每当人们要塑造温情的绅士、复古的冬日淑女时，就少不了粗花呢，少不了方格、雪花点……它们不是苏格兰的专属，只是苏格兰的水土风情为人类领受并纺织出了人心所爱的温存质感。纵观时尚史，

那些被世代认同、经时间淘涤的经典之物莫不如此。

我不会忘记，为了让姑娘们认识来自粗花呢的雪花点，我找出了 21 岁时的那件粗花呢大衣，在办公室享受地看着她们将熨烫好的大衣轮番试穿，欢声笑语各显其美……找到这件大衣我只花了不到三分钟的时间，自己都诧异为何能将它收藏于何处记得那么清楚，几十年的风雨迁徙。

小时候，妈妈会定期请裁缝来家里做衣服，有时是暑假，有时是年底。面料是父母日常积累的。绸布庄、百货公司的面料柜，就是我们当年的 mall，没事时逛逛，看到心仪的面料就买下存起来。

未成衣的面料就像一座梦幻的矿山，激发我无穷的想象……今天的mall 无法让我拥有十指摩挲的记忆，跟着父母学习拉绷拽捏各样布匹的经纬，从没头没脑的兴奋到逐渐领悟，念兹在兹。读大学开始我就自己买面料了，印象中买回家的面料没有被妈妈否决过，我的零花钱都给了书籍和面料。21 岁那年我给自己选了一段人字纹的雪花呢羊毛料，在百货公司的面料柜看到，一见钟情。那时的百货公司面料柜台很宽很扎实，厚厚的玻璃镶在刨得很光滑的棕色实木柜体上，柜台的转角都是圆角，不是如今的不锈钢架加玻璃的冰冷尖锐。那时卖面料的阿姨都老练权威，让人不容置疑："做什么用的？大衣？你穿？不用那么多，两米二够了。"我没有坚持自己要的两米五，后悔自己软弱了，所以大衣不像我希望的那么长、阔……

那时妈妈请的裁缝姓赵，是手艺很有口碑的，但介绍人说挺难请，因为赵师傅比较傲，不过她似乎很喜欢来我们家，妈妈请她都会来，我也见过她的笑容。我记得做人字纹的雪花呢大衣是最后一次请赵姨来做衣服了，她跟母亲解释自己已经不出来接活了，眼神不够，很吃力，只因为是母亲，她还是要来，说想见见母亲。母亲总是能让接触到她的人获益良多。我曾从她那里听到赵姨的身世，晚婚，体弱，不孕，收养了一个老家的孩子，叫婷婷，不太听话。"欧阳老师你说这怎么办？"赵姨跟母亲说话，每一段话差不多都以这句话结尾。母亲劝慰她，说其实婷婷只是倔强了点，不是不听话，劝赵姨不要急，倔也有好处，不会懦弱，好好引导还能成大事……"不急，先喝杯茶再做。""不要急，不要急就好了……"母亲劝慰赵姨的话，说得最多的就是不要急。赵姨很瘦，肩膀很平，喜欢穿连袖棉袄；母亲说她的袖子裁得很到位，也说她心地好，本分勤快，是很好的女人……赵姨说话的时候，平平的肩膀会一直往上送，耸得很高；母亲的话总是使她的肩膀松缓下来，不再耸起。那时请到家里的裁缝是按天数算酬劳，不是按件数，每当天色向晚时，母亲就催赵姨快回家。赵姨总是拖延着说："没事，我做完这一点再走。"我觉得我倒是希望她慢点走，我急着穿新衣服。那次，赵姨的活儿做得挺久，周日时还带婷婷来过一次我们家。我明白，她是想让母亲见见婷婷。母亲发出过邀请："你带婷婷来玩一下。"婷婷长得很好，眼睛又圆又大，不怎么说话，拿书给她看她就一直看，吃饭也吃得好，不像赵姨吃得那么客气；母亲喜欢婷婷这点。那天母亲让我送几本书给婷婷带回家，我忘了送了些什么书。事后听到母亲对赵姨说："不要紧，她带得亲的，你看她跟我们都能一下就熟了，她信任你选择的朋友，说明她信任你，你不要急……"母亲善解人意，知道赵姨说婷婷不听话、倔，其实是赵姨觉得她们母女不够亲热。赵姨是内向的人，大概不习惯主动，但她很愿意主动跟母亲说话，因为母亲把她当朋友，母亲很懂赵姨的心，真的是赵姨的好朋友。每每想到母亲跟人说话的情境，我的心里都会感到温热、清澈……

我 22 岁离家去外省工作，后来再没有见过赵姨，不知道她在哪里终老，不知道婷婷长大后跟她怎么样了，愿母亲的预测都一一实现了，愿她和赵姨很亲，也做了一番好事业……赵姨给我做的人

字纹雪花呢大衣都是按我的意思做的，我记得她给我做衣服常犹犹豫豫，很疑惑地询问我："要这么大吗？"她说没见过哪个姑娘穿那么宽松的大衣。我看了看母亲，母亲说："你自己定。"我说："要。"那时的我，爱的就是飘逸，总想着飘到陌生的远方去……那时的我，还喜欢在细雨中不撑伞，在漫天雪花里走得很慢，当年的我渴望天天都是风花雪夜……当年还有一件宽大的红色雪花点大V领羊毛衣，穿着在大学校刊编辑部冷冷地发表着主编言论，写结尾孤傲的爱情小说……那件大衣，我总是敞开来穿，刻意穿出不畏严寒的样子……人字纹的雪花呢大衣，就那么宽容地包裹着我无数的年少懵懂。

　　当姑娘们细细看着大衣时，吕底亚发现大衣唯一的明扣是包扣，竟然是用大衣面料做包扣，当年的我，真是集所爱于一衣啊。如今，我仍旧爱包扣，爱暗门襟，爱粗花呢、人字纹，还有纷飞的雪花点……感谢母亲当年宽厚地待我，容我发挥创意。21岁的雪花呢，就像一场斑斓的细雪，一直飘洒在我的生命中，不曾融化，不会消解，只要轻轻闭上双眼，一抬头，就落了一脸。

团圆，与你的人生

> "此生你可曾求而得之，即便如此？我得到了。你渴
> 求什么？称自己为亲爱的，感受自己，被世上所爱。"
>
> ——瑞蒙·卡佛墓志铭

一颗星，粲然……陨落。

在开始，在结尾，一颗星，粲然陨落。

它预示，它哀悼，没有人在意，没有几个人会提及这几秒钟的意义，它奋力燃烧，就好像要我们注意，也像要我们忘记。

这颗星，可以是瑞蒙·卡佛——年过半百就离世的作家，美国的契诃夫。

这颗星，可以是"鸟人"雷根，想用百老汇向艺术、向自己、向瑞蒙·卡佛致敬。

这颗星，可以是任何一位渴求却不得之者……

《鸟人》，就是演绎这颗星燃烧陨落的过程。

影片快要结束时，雷根躺在他的化妆台上，他的前妻走进来祝贺他。这个被他伤透了的女人一直爱他。她穿着精致的蕾丝小黑裙，盘起了金发，还戴上了珍珠耳环，就像一位感到无比光荣的妻子那样考究。

"外面反应热烈，你真的好棒。你好像异常冷静。"前妻说。

"我是很冷静，我也觉得很棒。"

冷静，出自雷根做好的抉择，就在他孤注一掷想要东山再起的舞台上，他决定以生命演出他自编自导自演的《当我们谈论爱情时我们在谈什么》的最后一幕……

雷根与前妻的对话，是他生命故事的启示之钥。他俩回忆婚姻中最后一个结婚纪念日，雷根告诉前妻他曾在那一天想把自己淹死……对于彼时被他伤害的前妻之心，是很大的补偿，可惜，是事隔多年之后的忏悔。

"我爱你，还有珊。"

"我知道。"前妻说。

"珊出生时，应该只有我们三个，我应该陪着你们，我错过了这一刻……我甚至没有出席自己的人生，没机会再来一次了。"雷根伤感地说。也是全剧我最喜欢的台词。

然而，雷根又告诉前妻，他坐飞机到纽约来的途中遇到了大风暴，所有人都在哭泣祷告，但他却冷静地想象如果飞机坠落，女儿看到的明日头版头条肯定是乔治·克鲁尼的照片和消息，而不是雷根。因为他看到乔治·克鲁尼坐在他前两排，戴着一对漂亮的袖口，下巴坚挺……"你知道法拉佛西和迈克尔·杰克逊同一天过世吗？"雷根问前妻，意思是，那位曾红极一时的"霹雳娇娃"因为和迈克尔·杰克逊同一天过世，而没有机会被人追忆。的确，时尚杂志未曾纪念过70年代最摩登的发型"法拉头"的创始者法拉佛西的去世，倒是花很大篇幅纪念迈克尔·杰克逊的白袜子之类。

雷根，一边清醒地哀叹后悔自己没有出席自己的人生，没有好好爱惜妻子女儿，一边又为谁应上头版头条的讣告而心怀不平。他的妻女只不过想跟他团圆生活，他却坚持认为给予女儿一个上头版头条的父亲才算好父亲……他就像瑞蒙·卡佛笔下的祈祷者，"时而向上帝祈祷，时而向蛇祈祷"。所以，他像他前妻评价的——"混淆了爱与崇拜"。他像夏纳讥讽的——将名气跟声望相提并论。他还像狄根森·塔碧莎所总结的："你是名人不是演员。"雷根的心非常向往能像高中时得到瑞蒙·卡佛的鼓励那样"真诚地演出"，但他的灵魂却已经完全被世界的标准虏获——那正是"鸟人"发出的声音："来吧，建立一生财富名声，我们东山再起……看大家的眼神都在发亮，他们喜欢血腥和动作，不喜欢忧郁的哲学。看到没有，重力也抓不到你，你是神……"

异常平静的雷根，就这么走上了舞台，最后一次。他朝着自己的头开了枪，里面飞出一颗真实的子弹……他改编了瑞蒙·卡佛的原著，这次，看谁比我更能演！雷根想。其实，与他抢占头版的夏纳比他更可怜、更可悲，他是个必须有观众才有生命、才真实得起

好好出席自己的人生吧，
与自己的人生团圆。因为，
爱，才是人类精神的顶峰。

来的人，他代表了那些完全没有了自己人生的人。至少，雷根有过
自己失败的人生，而夏纳，是与人生完全失散的人。好莱坞啊，如
果这是你的自省，我为你流泪；如果这是你的悔改，我为你祈祷，
不要再吞没那些追求艺术的朝圣者。

　　雷根躺在医院里，除了拥有一个新鼻子，还拥有了世界的重新
关注，甚至有人为他祈祷，这是怎样的悲哀——连祈祷者也变得如
此势力。难道最应该祈祷的，不是醉酒躺在垃圾里的雷根吗？雷根

似乎要到了他想要重新拥有的一切，但是他仍旧异常平静……直到女儿拿着一束软绵绵的紫丁香进来，他接过花儿，珊无声地趴到他的胸口上。可惜，不到十秒，女儿就起来了。雷根的喉结不能平静地起伏了几下，他的瞳仁在沙布里如真似幻地湿润着……"我已彻底清醒，但是没用。"这一刻，像美而悲悯的诗句。

雷根像瑞蒙·卡佛原著里的前夫那样，朝着自己的头开了枪，没有立刻就死。《鸟人》也像瑞蒙·卡佛的小说，没有结局，迂回，饱含欲言又止的下文。整部电影，都充满了瑞蒙·卡佛的文字气息……所以，你看到珊寻找父亲，目光从医院楼下到窗外的天空。就像很多次不堪的时刻，雷根都会露一手他魔幻的特异功能，但是你也发现，雷根并没有办法靠它活着并且快乐。那魔幻的特异效果，代表他的天赋，代表他的恩赐，代表他过人的真材实料，那又如何？人不靠这些活着，人活着必须与生命团圆，出席自己真实的人生。

我在 19 岁时，迷上一位女诗人的句子："悲剧，是人类精神的顶峰。"这句话害了我很多年，使我嫌弃父母温馨的家，嫌弃自己没有坎坷的经历……直到我明白：爱，才是人类精神的顶峰！人，无论做什么，内驱力都是为了得到爱，真的就这么纯洁，真的就是这么可爱。好好出席自己的人生吧，与自己的人生团圆。因为，爱，才是人类精神的顶峰。

宝贝，

请珍爱你的春天

女人就是奢侈品

　　坐在午后时光里，春风有点凉，面前的小杯咖啡很烫，耳中的话语是温热的……我的右手拂过她外衣上米通纹的肌理，就像经历了她那些不平坦的人生，我盼望安慰可以从右手传递出去。

　　我的工作绝大多数时候都是为女人服务，我和姑娘们一起工作，办公室的男设计师作为唯一的异性，有时完全被大家当成了小数点后面的第三位数。有一次，我看见某位女会员在化妆空间里脱下长裙，腿上只剩下透明丝袜了，大惊失色的我马上走过去掩护她，让她试穿新装——有新品发布时试衣间永远不够用……那位女士完全忘记，自己的背后坐着我们的男设计师，因为整个气场都被女性化了！那天下班，讲起当时的惊险场面，姑娘们拿男设计师开玩笑，称他为"刘姊妹"。单纯的他，宽容地笑笑，这个环境早已使他百忍成金，有他的未婚妻对他赞不绝口为证。让来到我们面前的女人变得更美好，让来到这里的男人背后的女人变得更开心，就是我们的工作。女人，就是这个世界的奢侈品，她们的妥当会让她们的环境更平安！

我被女人问得最多的三大问题是："我应该做个什么发型？""我属于什么风格？""什么包适合我？"对于这三大提问，我的标准答案是："请让我再多一点了解你。"如果我直接回答她，等于承认她们关心的都是身外之物，但我明白她们来寻找的不是时尚，时尚只是真正答案的添加物。因为发型其实来自女人对自己容貌的关注；风格来自女人对自己魅力的担忧；拎包，则来自女人对尊严的向往……女人常常不知道自己所要到底是什么，所以在这个节日我提供给女士们的十大奢侈品清单是：

1. 有迷人的笑容和富有感染力的笑声。

2. 有不走形的身材，并健康。

3. 有骨子里的良好教养，知晓并能活泼运用周全的礼仪。

4. 有美好的、聪明的语言，能用以沟通、劝勉、表达爱。

5. 有一项长期坚持的个人爱好，并因此获益。

6. 有清洁诚实的良师益友，并使彼此都得到祝福。

7. 有一个温馨的家，是朋友爱来的居所。

8. 有做一手好菜的热忱，适时发挥。

9. 有一颗纯真的心，总是愿意相信，并永不怕老。

10. 无论发生什么，内心总是保有平安。

我们都知道，历史上那些拥有颠倒红尘之美貌的女人结局多为难堪，而能够买到的奢侈品，几乎都可以被超越和模仿，但是一个女人透露出来的生命本质和状态却需要时间和心性去塑造，绝非唾手可得，这才是活出来的个人奢侈，是每个女人可以从此刻开始去建造和收藏的。有一天，当你老了，你会发现，这十大奢侈品随着你的年岁增长会成为你生命中夺不走的光彩。真正的奢侈品，会增值。有奢侈品的女人，越活越宝贵。

让婚姻成为杰作

我们曾经在三八女人节做围裙送给淑女们，向她们存着美丽的心为家庭所做的琐事致敬。一年一度"三八节"又到了。过节，还提醒妻子们劳作，实在有些不忍，那么请丈夫们做做家务，让妻子休息一天吧。所以，今年轮到给绅士们做围裙了。小小的布拎包，就给妻子们当作便当盒的包装吧。

选择咖啡色，因它是包容和宽厚，如泥土，可以容纳任何种子，使之生长；咖啡色也有温厚、值得信任、知性的一面，这就是好婚姻的颜色和特质。无论丈夫还是妻子，都需要有像泥土那样的一面，能够让对方生存、成长。刚硬的人，就像水泥地，只会让对方摔得鼻青脸肿，无法让对方存活，更别说成长了。

感性之动人，在于有理性的衬托；理性之分量，在于有感性的欣赏；感性和理性并存，才会发现自身和彼此的价值之美，它们从来就不是敌人。

条纹，代表丈夫。男人最大的特质是理性，男人的理性本是好的，但只有理性的生活很单调，尤其不要用理性当成言语的刺棍。小碎花代表妻子。女人的共性是感性，这使生活充满情趣。婚姻需要感性也需要理性，需要有养分的土壤。用小碎花包围条纹，不是说感性大于理性，而是表达我们做妻子的当理性地感性，所以我们才不会小题大做，也不无理取闹；也希望做丈夫的在情理之中思考，不要全盘理性。霸道的丈夫和胡闹的妻子都是婚姻中可怕的角色。婚姻的纽带是爱与情感，正如连接于条纹、绕过腰间的小碎花腰带，最终相遇系于背后……这种平衡之美使得条纹显得整齐挺拔，也使得小碎花显得节制、温情，这就是婚姻中的合一之美：连接于彼此，使彼此的特质显出最大的价值，并成为一件杰作。

有一句话，用来代表美满婚姻的平衡之美最恰当不过了——"然而你们各人都当爱妻子，如同爱自己一样；妻子也当敬重她的

选择咖啡色，因它是包容和宽厚，如泥土，可以容纳任何种
子，使之生长；咖啡色也有温厚、值得信任、知性的一面，
这就是好婚姻的颜色和特质。

丈夫。"

　　懂得呵护并爱妻子的丈夫，是最会保养自己的男人，也毫不费
劲地展示了他的实力与魅力；敬重丈夫的妻子，足以显出她的教养、
温柔和智慧，以及对爱的信心。

让优雅与权势并存你需心心理礼仪

见过的女强人很多，有些十分坦然地承受此名，也做得自在。举止流畅，大气洒脱，有礼有义，自成风格，很是让人欣赏，心里真觉值得敬佩。可惜，很多时候女强人都被理解为不甚可爱的含义，那是有人真的把女强人做错了。

这十年，有三个女强人给我印象极深，是肉眼看不到的"强"，女"强"人。

我的第一本书出版时，对"名利场"十分胆怯生涩。有资深的读者买了很多我的书送给自己的圈内人，偏偏她的圈内人都是功成名就的多，其中还有艺术家。当时她请我去和大家见见，现在回想起来，那场面还是觉得尴尬。有一位女艺术家发现书上都没签名，叫我签名，我就实话实说地表示自己不想签名，实在、实在不算作家。因为当时也不知道自己以后还会不会出书，那本书其实是为纪念母亲去世十年整理的，父亲一直追问，出版社也要，就出版了。

穆桂英也好，花木兰也罢，强大到成为千古佳话，却无人将她们视为女强人。
这份可敬、可爱、可贵与成功在于：有权——为的是担当；有势——为的是礼
义；有才华能力——为的是完成情感与使命……

买书的读者因了解我的心意，也没要求我签名。谁想，那位女艺术
家把脸一板，厉声说道："就签个名，请你签就签嘛！"我吓了一跳，
虽然她说的是"请"，但那句话可以直译为："现在我命令你给我
签名！"结果就是，买书送人的那位读者抱歉而又同情地看着我战
战兢兢地签了名……我的书后来她一直买得多，但再也不要求我和
书同时出现在她朋友面前。那一刻，想必给我和她的记忆都太深，

也使她真知道江湖对我是多沉重的负担。几年之后，我意想不到与这位女强人在香港再次相遇，她已经不记得我了。当别人介绍我们彼此认识时，她优美热情地跟我握手，说："我们是不是见过？"我说："是的。"感恩我的手，没有发抖。

嗅觉都是有记忆的，记忆也像某种嗅觉……能在瞬间嗅出"强"人，以至于不必短兵相接。有一次，相识的人要来我们的课堂"求合作"，要在课堂上推广她的产品。的确是好产品，人也温婉，我马上就答应了，无条件让她出现，但并不存在商业合作，只是觉得她的东西好。等到谈具体细节时，对方要的时间增长了许多。我为难地说："恐怕时间没法这么长……""那你们不要讲那么多不就行了！"她脱口而出，我仿佛看到寒光一闪，字字刃口锐利。就在那一瞬间，我做了决定：产品可以让我们的会员获益，就好，我守承诺让她来，但不想跟她讲道理，因为我已经闻到她其实是谁。我立即说："好。"不过，事到临头，她竟然又不来了，估计我们平台太小，不够驰骋。这就是女"强"人特质，她想要的就一定要得到，且势在必得，出尔反尔，也全然在理。

还有一次关于女"强"人的震撼记忆。某次公众聚会，突然就有位女士，来不及让我观其全景，就以特写出现在我面前，昂首抛出问题："玛亚，你这双靴子在哪里买的？我的朋友想买一双，你告诉我一下。"然后用右手大拇指朝着自己身后四点钟的方向戳了一下。我往后退了一点，像被定在原地不能动了一样吃惊：我认识她吗？我们以前说过话吗？但我还是努力镇定下来，说："我不是在深圳买的。"尽管没有经过该有的寒暄、过渡，我也只能像是很熟悉那样直接回答她了。"你告诉我！"她双臂交抱在胸前，我依稀闻到一种熟悉的气息，就像多年前的那个"签名命令"。我好尴尬，不知要如何讲，才能使我们的交谈至少可以显得文雅一点……当对方不按"礼"出牌，这就是很考验人的时候。"有点远，我在罗马买的。"我保持微笑、降低声音回答。"噢！你告诉我多少钱？"对方竟然声调更高了，就好像要揭露我想掩盖的罪行。我实在是无语了，停了好几秒钟。如果我说"我不记得了"，也许算是一种聪明，但是撒谎会让我感觉很差，而且我拿不出与谎言相称的表情，所以我坚持微笑不撒谎。"你就告诉我多少钱嘛！"非常惊愕于她再次重复问题，而且不问地址、品牌，只问价格就能找到这双鞋吗？不论哪国的礼仪大师都会教导：询问他人物品的价格是很不礼貌的……我痛苦地僵在那里，虽然只有三四秒钟，但我再次认识到江湖的可怕。"你告诉我多少钱就好了！"对方磊落地再一次逼问。很轻地吸了口气，好吧，我必须成长，也许你也必须成长，实话实说可能对我们都有帮助——"你不觉得这样不礼貌吗？"我笑着直视她的双瞳，这么回答。她丝毫不尴尬地说："哦，好吧，我知道了。"就转身去了她的四点钟方向。接下来，她和她要买鞋的朋友都不再理我了。

穆桂英也好，花木兰也罢，强大到成为千古佳话，却无人将她们视为女强人。这份可敬、可爱、可贵与成功在于：有权——为的是担当；有势——为的是礼义；有才华能力——为的是完成情感与使命……如此宝贵的好榜样，不用翻译就已拥有，可以学学。

让优雅与权势并存所需的礼仪：

1. 下班后，重新变回平常女性。

2. 尊重任何一个不起眼的人。

3. 记住自己是女儿、妻子、母亲、姐妹……做陌生人眼中的好人。

4. 缓慢靠近他人，站在一米之处与人说话，切记第一印象很重要。

5. 谈吐的艺术是礼貌、趣味、内涵的总和。

6. 驯服自己的个性，就是内心强大的女人。

7. 给予比要求优雅。

宝贝，请珍爱你的春天

当我 15 岁时，完全接触不到一本书，能直接教导我怎样打扮、怎样说话、怎样思想、怎样恋爱、怎样做女孩……我如饥似渴地在任何字里行间寻寻觅觅，找我的人生指南。在笔记本里，我勤奋地收录了无数至理名言；但是在心里，我反复思索品味的却是为数不多、弥足珍贵的人生秘密……那些收藏在我内心的秘密，谁也读不到，它们指引了我的人生，为我勾勒出一份藏宝图。

记得上高一的那年，我在厚厚的文学杂志里读到了一个故事，当时很流行的体裁是报告文学，介于真实与虚构之间的一种新闻文体。那篇报告文学的绝大部分内容我都忘了，唯独记得那则故事里英俊的男主角，一位军官爱上他初恋女孩的原因：她把自己的春天看得比生命还重要。

故事描述了那位军官在出名之后回忆自己初恋的经过，是发生在一场火灾之中。他带着部队去支援救火现场，当他们用救火云梯将着火楼房里的人疏散出来时，有一个女孩停在云梯上不动了，原因是她一手扶梯子，一手却紧紧揪住被风吹起来的长裙裙摆不肯松开。所有人都在看着她、等着她、喊着她、责怪她、催促她，甚至骂她……但是她，就是不动，害怕一放手，风就会架空她的裙摆……紧急中，军官沉默地仰视着半空中的女孩，心里充满了感动，从他心里涌出一句话来："这个女孩真不同寻常，因为她把自己的春天看得比生命还宝贵。"爱慕，就在那一刻油然而生……

故事的发展，当然是英俊的军官苦苦地追求到了他心中超凡的女孩，然而我忘了女孩为何并未嫁给军官，最终让军官追忆一生。我收获的重点是军官爱上女孩的原因一如女孩可以出类拔萃的方法，就是——"珍爱自己的春天胜过自己的生命"。

"自己的春天"，多么诗意、纯净、神秘，多么美丽的形容，我怀念那个年代，许多事不能明说，因而都有了心灵的惊艳。当我

们什么都能放在眼睛里给人阅读时，实在是只剩下了粗陋不堪的胆量；一如通体的透视装，其实是用赤贫的设计掠夺短暂的震撼。

我在穿着上许多美好的启蒙教育，都是母亲给我的。但是我却在 15 岁那年，悄悄地认为自己找到了被人珍视且非凡的穿着秘诀，就是珍爱自己的春天，一定要珍爱自己的春天……

是的，今天，资讯与穿着的富足，是当年的我无法想象的，教导女孩子的书籍已经丰富到可以信手拈来，甚至不用打开书，就已经能得到应接不暇的资讯。师父多，但为母的心却少：反正是别人家的女儿，教坏了也没关系；反正是别人家的女儿，被轻视不用负责……可是，我无限期待，每一个母亲都能忠心地教导自己的女儿，珍爱她们的春天；我也无限期待每一个年轻的女孩，都能在烈火狂风面前，有卓尔不群的气质，以及被人珍视的生命。

本书部分图片提供：flickr.com（P62，P82，P100，P148，P151，P188，P240，P254）
pinterest.com（P121）

图书在版编目（CIP）数据

每个日子，都有生命的礼物 / 黑玛亚著 . -- 北京：
中国青年出版社，2020.1

ISBN 978-7-5153-4645-8

Ⅰ . ①每… Ⅱ . ①黑… Ⅲ . ①随笔 – 作品集 – 中国 –
当代 Ⅳ . ① I267.1

中国版本图书馆 CIP 数据核字 (2019) 第 270116 号

每个日子，都有生命的礼物

责任编辑： 李　凌　彭宇珂
书籍设计： 今亮后声 HOPESOUND pankouyuga@163.com
出版发行： 中国青年出版社
社　　址： 北京东四 12 条 21 号
邮政编码： 100708
网　　址： www.cyp.com.cn
编 辑 部： (010) 57350520
门 市 部： (010) 57350370
印　　刷： 北京中科印刷有限公司
经　　销： 全国新华书店
开　　本： 880×1230mm　1/32
印　　张： 8.75
字　　数： 150 千字
版　　次： 2020 年 1 月北京第 1 版
印　　次： 2020 年 1 月北京第 1 次印刷
定　　价： 65.00 元

本图书如有印装质量问题，请凭购书发票与质检部联系调换。

联系电话： (010) 57350337

黑玛亚　　热爱美的真理，追求将时尚精神化的黑玛亚，是中国第一位从美学的高度系统阐述时尚的美学专家，是拥有国际化视角的形象设计师、服装设计师、品位传播者，是 maia's vogue 创始人。她以自成一格的原创美学体系和服务精神从事形象设计、品位课堂及 maia's 品牌服饰设计，她也用自己的美学精神来管理品牌公司，并帮助众多爱美人士从内到外成为"最美好的自己"。

曾出版《爱是优雅之门》、形象设计专著《成就最美好的自己》《我的衣橱经典》等时尚类畅销书籍及电影评论随笔集《悲欢有时，唯爱永恒》。